Brown's Hotel

Dover Street London W1A 4SW Telephone 01-493 6020 Telex 28686 Telegrams Brownotel London W1

25. Februar 1984

Richard Webb, Esq.,
Verlagsleiter
Webb & Bower Ltd.
9 Collecton Crescent
Exeter, Devon EX2 4BY

Sehr geehrter Mr. Webb,

durch das Interesse ermutigt, das Sie an der ersten Sammlung von Originaldokumenten zeigten, die ich Ihnen geschickt habe, und entzückt von Ihrem Buch "Der Hund von Baskerville", erlaube ich mir, ein weiteres Dossier Watsons beizulegen; es stammt aus seiner eisernen Brieftruhe, die man unter den Bombenruinen in Charing Cross fand. Es handelt sich um die Dokumentensammlung, die Watson "Das Rätsel der Sholtos" und Conan Doyle "Das Zeichen der Vier" nannte.

Dies war der zweite von Holmes' Fällen, an deren Darstellung Watson und Conan Doyle zusammenarbeiteten. Er wurde gut zwei Jahre nach dem ersten veröffentlicht, obwohl die hier beschriebenen Ereignisse über sieben Jahre zuvor stattgefunden hatten. Während dieser sieben Jahre arbeiteten Holmes und Watson gemeinsam an fünfzehn berühmten und einer Reihe weniger berühmter Fälle; sämtliche Unterlagen dazu befinden sich in der Brieftruhe und werfen ein höchst bemerkenswertes Licht auf die Beziehung zwischen den beiden Männern und auf Holmes' Methoden.

Es wird Sie interessieren, daß Watson an dieses zweite Dossier, das er zunächst zur Unterhaltung seiner Freunde und schließlich zur Veröfffentlichung zusammenstellte, mit noch mehr Kunstfertigkeit heranging, als er im ersten gezeigt hatte. Wie faszinierend wäre es gewesen, wenn auch Conan Doyle Watsons Plan gefolgt wäre und den Namen und das Geständnis des Verbrechers für den versiegelten Teil am Ende seiner Geschichte aufgehoben hätte!

Mit freundlichen Grüßen

Simon Goodenough

Simon Goodenough

221B, BAKER STREET,
LONDON, W.

Dezember 1899

Verehrter Conan Doyle,

abermals möchte ich Ihnen dafür danken, wie sehr Sie sich um die Veröffentlichung des ersten Dossiers bemüht haben. Messrs. Ward, Lock & Co. sollten sich wirklich schämen, Sie ein ganzes Jahr warten zu lassen und Ihnen dann lächerliche 25 Pfund zu bezahlen.

Ich habe erfahren, daß auch ausländische Verlage jetzt Interesse zeigen und nach einem weiteren Fall von Holmes gefragt haben. Sie schreiben, daß man Ihnen zu Ehren ein wirklich feines Essen gegeben hat, daß auch Oscar Wilde da war und sich Ihren Überredungskünsten ausgesetzt sah. Wie ausgesprochen gütig von Ihnen, daß Sie angeboten haben, die "White Company" zurückzustellen, um Holmes zum Druck zu befördern. Wir müssen uns beeilen, wenn der Verlag es noch im Herbst herausbringen möchte, insbesondere, wenn das Buch auch im Ausland erscheinen soll. Vielleicht wird das die Welt von Holmes' Genie überzeugen!

Sie werden bemerken, daß Holmes schon wieder in die Akten gekritzelt hat, also ich nehme an, daß Sie – wie schon zuvor – einige seiner Anmerkungen ihrer Bedeutung wegen mitaufnehmen wollen. Mir fiel übrigens ein, daß es doch amüsant wäre, das Dossier so anzulegen, daß die Identität des Schurken, sein Geständnis und einige diesbezügliche Papiere in einen versiegelten Umschlag am Ende des Buches gesteckt würden. So könnten unsere Leser Holmes' Ermittlungen und einigen seiner Überlegungen folgen, aber ihre eigenen Schlüsse ziehen und ihr Resultat mit der richtigen Lösung vergleichen. Das wäre doch hübsch, meinen Sie nicht auch?

Ihr sehr ergebener

John H. Watson

Samstag, 15. September

Dreimal hat sich Holmes heute wieder dem Morphium hingegeben – oder war es Kokain? Dreimal täglich, und das seit Monaten – doch habe ich mich an den Gedanken immer noch nicht gewöhnt. Im Gegenteil: Von Tag zu Tag wird mir der Anblick abstoßender, und mein Gewissen grämt sich nachts darüber, daß mir der Mut fehlt, zu protestieren. Immer wieder habe ich mir geschworen, nun etwas zu sagen, aber die kühle, nonchalante Art meines Gefährten macht ihn zum letzten Menschen, bei dem man sich auch nur die Andeutung einer Freiheit herausnähme. Seine gewaltigen Kräfte, seine meisterhaften Manieren – und das, was ich von seinen außergewöhnlichen Qualitäten erfahren habe, entmutigen mich und halten mich davon ab, ihm ins Gewissen zu reden.

Sonntag, 16. September

Seit einiger Zeit kommen wenige "Klienten" zu Holmes, und soviel ich weiß, führt er zur Zeit keine Ermittlung, was sicher der Grund für seine größere Kokain-Abhängigkeit ist. Mrs. Hudson muß von seiner Gewohnheit wissen, aber sie ist diskret. Sie räumt die Ampullen wohl eher aus Ordnungsliebe weg, doch ich bezweifle, daß Holmes diesen Wink zu schätzen weiß.

Ab und zu ist ein Besucher dagewesen, doch hat sich kein Fall daraus ergeben. Holmes scheint Interesse am jungen Martin Hewitt zu nehmen, der sich einbildet, selbst ein "Ermittler" zu sein, obgleich seine Spezialinteressen das Bank- und Versicherungswesen sind – kein Gebiet, das meine mageren Finanzen und mein Junggesellenleben mich je zu betreten gezwungen haben. Wir haben allerdings ein- oder zweimal anregende Diskussionen über die berüchtigten Morde geführt, die einen gewissen "Jack the Ripper" zugeschrieben worden, den man jetzt für jeden gräßlichen Mord verantwortlich macht, insbesondere, wenn eine junge Dame das Opfer war. Ich habe Holmes gefragt, warum er seine Talente in dieser Sache nicht in den Dienst der Polizei stellt. Er erwiderte einfach, sie hätten nie daran gedacht, ihn zu fragen.

Hewitt war recht guter Dinge, als er uns heute verließ, denn Holmes hat ihm ein Exemplar von Griffith' jüngst erschienenen "Chronicles of Newgate" geliehen, einem – so muß ich sagen – würdigen Nachfolger des vor über einem Jahrhundert geschriebenen Klassikers des Reverend Villette.

Ich habe Mrs. Hudson gebeten, heute abend ein "Salisbury Steak" zu versuchen, das sich in Amerika einen guten Ruf gegen schlechte Verdauung erworben hat: beste Rindfleisch-Steaks, die man so auf dem Rost brät, daß sie außen gar sind und innen fast roh. Was wird sie daraus machen?

Montag, 17. September

In London ist es heute recht frisch, und ich brauchte einen Spaziergang als Kur gegen die Folgen von Mrs. Hudsons "Salisbury Steak", das – entgegen der Intention – außen roh und innen ungenießbar war. Ich bin bis zu den Charing Cross Baths an der Northumberland Avenue hinabgegangen und wurde fast von einer Trambahn – zum Henker damit – überfahren, obwohl ich mittlerweile daran gewöhnt sein müßte.

Danach bin ich nach Whitehall spaziert und habe mir das Gelände unserer zukünftigen Nationaloper angesehen. Die Fundamente sind vor beinahe zehn Jahren gelegt worden, aber seither ist nichts mehr passiert; nun mehren sich Gerüchte, man wollte dort jetzt das neue Scotland Yard bauen. Holmes hat sich im alten Great Scotland Yard ja recht bekannt gemacht. Ich frage mich, was die Zukunft für uns beide bereithält? Für mich vielleicht ein langsames Altern in respektable Einsamkeit, denn in letzter Zeit habe ich die Frauen so ziemlich aufgegeben – oder sie mich? Ich hoffe, nein!

Kokain-Hydrochlorat
8. Sept. 88
John Bell & Co., London

Notizen für eine

ABHANDLUNG über KOKAIN

von S. Holmes, Esq.

Hypodermische Injektion – Quelle: Professor da Costa, »Medical News«, 13. Dezember 1884; siehe auch »Medical Times« vom 14. März 1885 – »Die meisten Patienten berichten von einer Wärme im ganzen Körper, die sich 5 bis 10 Minuten nach der Injektion überall ausbreitet, gewöhnlich aber nur von kurzer Dauer ist.« Die Temperatur steigt nur langsam um ein oder anderthalb Grad. Die Pupillen weiten sich rapide. Wird immer mehr bei Herzschwäche und leichtem Fieber verordnet.

Anästhesie – Quelle: Dr. Koller beim Augenärztlichen Kongreß in Heidelberg, 1884; siehe auch »Medical Times« vom 14. Februar 1885 und die Berichte der Berliner Medizinischen Gesellschaft – »Ein immer größerer Chor singt den wohltätigen Wirkungen der neuen Droge das Lob«; heute zur Lokalanästhesie bei kleinen Augenoperationen, Ohrenkrankheiten, beim Fädenziehen, bei starker Übelkeit am Anfang der Schwangerschaft und als Tonikum verwendet.

Inwendige Einnahme – Quelle Mr. James, »Guide to the New Pharmacopoeia«, 1885 – »Bei innerlicher Anwendung erinnert Kokain in seiner Wirkung an Koffein, indem es in kleinen Dosen für einen leicht stimulierenden und kräftigenden Effekt sorgt, Müdigkeitsempfinden und Hungerschmerzen stillt und ein angenehmes Gefühl von Wohlergehen und Ruhe herstellt. Im Mund betäubt es den Geschmacks- und den Tastsinn. Es mindert die Wahrnehmungsfähigkeit.«

Anbau, Indien & Ceylon – Das Gewächs wurde 1870 in Ceylon eingeführt, in Indien aber erst 1885 durch die Regierung. Die Plantagen von Kalkutta haben junge Pflanzen an verschiedene Teeanbau-Gebiete geschickt.

Konsum in Südamerika – Wird seit langem in Peru, Brasilien, Bolivien und den Westindischen Inseln angebaut. Die peruanischen Indianer unterbrechen zwei- bis dreimal täglich die Arbeit, um die Blätter, die von den Stengeln abgerissen werden, zu einem Ball zu kauen; zu diesem »Aculico« gibt man ein wenig Limone, damit es richtig erfrischt. Der durchschnittliche Konsum liegt bei zwei oder drei Unzen *per diem*.

Derzeitige Preise – Infolge der Mißernte in Südamerika Preissteigerungen in den letzten Jahren. Vor kurzem erreichte der Preis pro Gran Kokain-Hydrochlorat zwei Shilling pro Gran und vierzig Shilling für eine Unze vierprozentige Lösung. Der Nachschub scheint besser zu werden, und die Preise werden wohl fallen, wenn die derzeitige Begeisterung nachläßt und die abwegigeren Medikationen aufgegeben werden.

»Demoralisierende« Effekte – Diejenigen, die nach Kokain in irgendeiner Form süchtig werden, können es nur sehr schwer aufgeben. Manche laborieren an der irrigen Annahme, es vergrößere die Lust am Geschlechtsverkehr. Einige Indianer kommen unter Kokaineinfluß mehrere Tage ohne Nahrung aus, zeigen aber trotzdem alle physischen Anzeichen der Unterernährung. Extremisten halten es für die dritte Geißel der Menschheit – die ersten beiden sollen Alkohol und Opium sein.

Schlußfolgerungen – Ich kann mich den Warnern nicht in allen Punkten anschließen, denn damit würde man eine Droge verlieren, die, bei kontrollierter Anwendung, viele wohltuende Wirkungen hat. Doch leider wird es auch schwächere Persönlichkeiten geben, die die Droge mißbrauchen, sowie ihre schamlosen Ausbeuter. Was mich angeht, gebe ich zu, süchtig zu sein – aber nicht nach Kokain, was für mich bloß ein Zwischenspiel ist, sondern nach jener stärkeren Droge: meiner Arbeit.

Paris, le 14 septembre 1888

Cher Monsieur Holmes,

Comme je me loue de m'en être remis à votre jugement, et combien je vous remercie pour votre avis si précieux qui m'a permis de découvrir la clé du mystère.
Quelle magnifique preuve de votre talent, s'il en était besoin, que ce rapprochement que vous me suggérâtes du cas qui me préoccupait avec ceux de Riga en 1857, et de St Louis en 1871. Quel génie, quel coup de maître!
Il m'apparaît si évident à présent que c'était dans l'esprit dérangé des témoins qu'il fallait chercher le nœud de l'affaire et non dans celui de la testatrice.
Mille fois merci mon cher maître, permettez moi je vous prie de vous appeler ainsi, d'avoir rendu possible ce tour de force.

Je vais sur les champs traduire vos monographie en ma langue et vous enverrai bientôt le fruit de mes efforts modestes sur votre génial "De la distinction entre les cendres des divers tabacs" ainsi que sur "De l'importance des empreintes".

Faites-moi je vous prie l'inestimable honneur de me dépêcher sitôt qu'il vous sera possible le fruit de vos recherches sur « l'influence du métier sur la forme des mains ».

Soyez bien convaincu, cher Monsieur Holmes que je me considère grandement fortuné de pouvoir apprendre de la plume d'un maître quelques-unes des fines subtilités de la vie, et veuillez croire à l'assurance de mes sentiments respectueux

Votre dévoué serviteur,

F. Le V

Untenstehend mein kümmerliche Übersetzungsversuch J.H.W.

Mein lieber Holmes,
ich bin entzückt, daß ich auf Sie gehört habe und danke Ihnen für Ihre wertvollen Ratschläge. Sie haben es mir ermöglicht, den Schlüssel zu dem Rätsel zu entdecken. Großartig haben Sie Ihre Fähigkeiten demonstriert, als Sie vorgeschlagen haben, meinen Fall mit denen von Riga im Jahre 1867 und St. Louis 1871 zu vergleichen. Genial! Meisterhaft! Jetzt scheint klar zu sein, daß die Crux der Sache im verwirrten Gemüt der Zeugen lag, nicht in dem der Erblasserin. Tausend Dank, mein lieber "Meister" (gestatten Sie mir, Sie so zu titulieren!), daß Sie diese wunderbare Lösung ermöglicht haben.

Gerade übersetze ich Ihre Monographien in meine Muttersprache und werde Ihnen bald die Früchte meiner bescheidenen Bemühungen um Ihre beachtlichen "Unterschiede zwischen den Aschen verschiedener Tabaksorten" (Asche zu Asche) und die "Bedeutung des Augenscheins" schicken. Bitte erweisen Sie mir die Ehre, mir so bald wie möglich Ihre Forschungen zum "Einfluß des Berufs auf die Form der Hand" (Handarbeit) zu senden.

Glauben Sie mir, mein lieber Holmes, daß ich mich überaus glücklich schätze, einiges über die Wechselfälle des Lebens aus der Feder eines Meisters zu lernen – meine Hochachtung, etc.; Ihr ergebener Diener, F. Le V.

Dienstag, 18. September 1888

Der Tag fing gut an. Wir hatten einen Grund zum Feiern, meinen sechsunddreißigsten Geburtstag. John Watson, der den Jezail-Geschossen in Afghanistan entwischt war und ohne seinen tapferen Burschen nie sein dreißigstes Jahr erlebt hätte, hatte dem Schicksal seit seiner Rückkehr acht weitere Jahre entrissen!

Holmes und ich teilten uns eine Flasche Beaune zum Lunch, ein stärkerer Wein, als wir normalerweise genossen hätten, und ich war ein bißchen in heitere Euphorie geraten. Im Vertrauen darauf, daß ich gewisse Geburtsrechte auf die Konversation hätte, setzte ich gerade an, über meine frühen Eroberungen, nicht bei den Pathanen, sondern bei einem viel attraktiveren Stamm zu schwadronieren, als Holmes zu meinem ausgesprochenen Mißvergnügen ein altes Fraktur-Buch aufschlug, seine Hand zum Kaminsims ausstreckte und eine seiner kostbaren Ampullen mitsamt Injektionsnadel aus ihrem hübschen Saffianetui nahm. Er rollte seinen linken Ärmel auf und präsentierte seinen sehnigen Unterarm, der mit unzähligen Einstichen und Narben übersät ist. Er führte die scharfe Spitze ein, drückte auf den winzigen Kolben und sank mit einem langen Seufzer der Befriedigung in den samtbezogenen Sessel zurück.

Wie konnte er meinen Erinnerungen die gebührliche Aufmerksamkeit widmen, wenn sein Geist ins Vergessen abschweifte! Beim Durchblättern meines Tagebuches wurde mir klar, daß die Sucht immer stärker geworden war, ich aber nie gewagt hatte, meine wahre Meinung dazu zu äußern. Nun, mit dem Mut des Beaune und meines Geburtstages, stellte ich ihn scharf zur Rede und verlangte zu wissen, ob es heute Morphium oder Kokain sei, was er nehme. Seine Antwort klang schläfrig: eine siebenprozentige Kokainlösung. Er fragte mich, ob ich probieren wolle. Ich erwiderte

brüsk, meine Konstitution hätte den Afghanistan-Feldzug noch nicht überwunden. Sein offensichtliches Amüsement provozierte mich zu der Warnung, er werde bald unter einer zunehmenden Gewebeveränderung und einer resultierenden permanenten Schwächung leiden und die depressive Reaktion nach jedem Rausch werde sich verschlimmern, selbst wenn sein Geist zeitweise angeregt und lebhaft sei. Es seien unsere Vermieterin, Mrs Hudson, und ich selbst, die mit seiner schlechten Laune fertig werden müßten!

Mein Geist rebelliert einfach gegen jede Stagnation.

Er hörte nicht auf mich. Er wiederholte, was er mir so oft gesagt hat: daß er die langweilige Routine der Existenz verabscheue. Er sagte, er könne auf die künstlichen Stimulantien nur verzichten, wenn er die Atmosphäre der komplizierten Analyse und geistigen Anregung genießen könne. Seine Arbeit bedeute alles für ihn. Er sei der einzige inoffizielle Detektiv der Welt, die letzte und höchste Ermittlungsinstanz, der Spezialist, den die Männer von Scotland Yard - Gregson, Lestrade & Athelney Jones - um seine Meinung fragten, wenn sie nicht mehr weiterkämen. Er verlange keinen Ruhm: Die Arbeit selbst sei sein höchster Lohn.

Ich habe meinen besonderen Beruf nicht gewählt, ich habe ihn <u>geschaffen</u>!

Er erinnerte mich daran, daß ich seine Methoden zum ersten Mal im Fall Jefferson Hope miterlebt habe, zu Beginn unserer Bekanntschaft. Er hatte die Dokumentenmappe gesehen, die ich über den Fall zusammengestellt hatte, bevor ich sie Conan Doyle schickte, und seine eigenen Randbemerkungen hinzugesetzt. Einige seiner Kommentare fand ich ziemlich überflüssig, doch Conan Doyle hielt es für angebracht, sie in den Text seiner Version aufzunehmen. Holmes war nicht besonders erfreut über diese Publikation. Er sagte, die Detektivarbeit sei eine exakte Wissenschaft und solle sine ira et studio betrieben werden. Er beschuldigte mich, sie mit Romantizismen

Ehrlich gesagt: gratulieren kann ich Ihnen dazu nicht.

überfrachtet zu haben. Ich protestierte, das romantische Element sei nun einmal da und ich könne die Fakten nicht verfälschen. Das einzig Erwähnenswerte in dem Fall, erwiderte er, sei der analytische Gedankengang gewesen, durch den es ihm gelungen sei, ihn zu entwirren.

Einige Fakten sollte man immer unterdrücken.

Das war typisch für seinen Egoismus. Ich hatte die Mappe zusammengestellt, um ihm eine Freude zu machen, und jetzt bestand er darauf, daß jede Zeile seinem besonderen Wirken gewidmet sein sollte. Mehr als einmal während unserer siebeneinhalb Jahre in Baker Street habe ich diese Art Eitelkeit unter dem ruhigen und lehrerhaften Gebaren meines Gefährten entdeckt. Ich sagte nichts dazu, sondern pflegte zum Protest mein Bein. Obwohl meine Schulter im Lauf der Jahre besser geworden ist, macht mir das Bein bei jedem Wetterumschwung Ärger.

Der Protest verging unbemerkt. Holmes sprach weiter über sich selbst. Seine Tätigkeit dehnte sich auf den Kontinent aus, und er zeigte mir einen Brief von François le Villard, einem französischen Detektiv, der ihn wegen eines Testaments konsultiert hatte. Er war voller Bewunderung und extravaganter französischer Phrasen, die ich für etwas zu bewundernd hielt, als es Holmes guttat. Villard schrieb wie ein Schüler an den Meister, und Holmes war offensichtlich geschmeichelt, denn er sagte eilig, Villard würde seine Hilfe zu hoch bewerten.

Er hatte die ganze keltische Intuitionsgabe, aber ihm fehlte das breite Spektrum exakter Kenntnisse.

Villard war dabei, Holmes' Monographien ins Französische zu übersetzen. Holmes tat gerne so, als wüßte ich nichts von diesen Werken, und gefiel sich darin, sie mir beim geringsten Anlaß zu präsentieren. Er erwähnte jetzt die über die Verfolgung von Fußspuren und die über die Unterschiede der Aschen von verschiedenen Tabaksorten.* Er sprach über die schwarze Asche von Trichinopoly und den weißen Flaum von Feinschnitt, die für das trainierte Auge

** Taucht immer wieder in Prozessen auf, manchmal ein Indiz von überragender Bedeutung.*

so verschieden wären wie ein Kohlkopf und eine Kartoffel. Er erwähnte auch eine Monographie mit dem Titel "Handarbeit", die ich nochmals lesen müsse.

Kein Zweifel, daß Holmes eine außergewöhnliche Begabung für Kleinigkeiten hat, aber manchmal wünsche ich, er würde sich in seinem Hobby mäßigen. Kaum hatte ich ihm zu versichern versucht, daß diese Dinge mir überaus interessant erschienen, gab er mir zwei weitere Beispiele für seine Beobachtungs- und Deduktionsgabe. Ich muß zugeben, daß beide höchst erstaunlich waren, obgleich ich sie zunächst anzweifelte. Sie werden in einem meiner gelegentlichen Briefe an Stamford, mit dem ich eine lockere Korrespondenz führe, ausführlich gewürdigt.

Sie sollten mehr Vertrauen haben!

Als ich Holmes schließlich fragte, ob er zur Zeit eine professionelle Ermittlung führe, erfuhr ich, daß dem nicht so sei, und das war seine Entschuldigung dafür, daß er Kokain nahm. Er stand am Fenster und beschwerte sich über den gelben Nebel, der draußen waberte. Er langweilte sich und hatte nichts, woran er seine Fähigkeiten messen konnte. Ich wollte ihn gerade zur Gelassenheit ermahnen, als wir von Mrs. Hudson unterbrochen wurden, die auf dem Präsentierteller eine Visitenkarte hereinbrachte.

Ich kann nicht leben ohne geistige Arbeit.

Das Verbrechen ist gewöhnlich, die Existenz ist gewöhnlich, und Nichts außer dem Gewöhnlichen hat einen Platz in dieser Welt.

Miss Mary Morstan

c/o Mrs. Cecil Forrester,
Lower Camberwell,
London, S.

221B. BAKER STREET.
LONDON. W.

23. September 1888

Lieber Stamford,

es freut mich zu hören, daß Sie meine Briefe, in denen ich Holmes' Methoden beschreibe aufbewahrt haben. Mir ist es eine Hilfe, mein Wissen um seine Eigenheiten mit einem Bekannten teilen zu können – ich hätte 'Freund' gesagt, aber ich weiß schon gar nicht mehr, wann wir das letzte Mal im alten Criterion zusammen einen zur Brust genommen haben. Holmes und ich haben uns letzten Dienstag nach dem Lunch ein bischen gestritten, als ich andeutete, daß Beobachtung und Deduktion so ziemlich auf dasselbe hinausliefen, und er mir widersprach. Er gab mir zwei Beispiele.

<u>Erstens</u> erriet er, daß ich im Postamt auf der Wigmore Street ein Telegramm aufgegeben hatte, obwohl ich nichts davon gesagt hatte. Beobachtung – rötlicher Straßenschmutz an meiner Sohle: das Pflaster vor dem Postamt ist aufgerissen und man kann es kaum vermeiden, in den rötlichen Lehm zu treten, den man in diesem Viertel nur dort findet. Deduktion – der einzige Grund für einen Gang zum Wigmore-Postamt ist, ein Telegramm aufzugeben.

<u>Zweitens</u> habe ich Holmes dann auf eine härtere Probe gestellt; ich erinnerte mich, daß er einmal gesagt hat, ein Mann würde jedem Gegenstand des täglichen Gebrauchs seine Persönlichkeit dermaßen aufprägen, daß ein geschulter Beobachter ihn identifizieren könne. Ich bat ihn, mir etwas über den Charakter und die Gewohnheiten des verstorbenen Besitzers einer Taschenuhr zu erzählen, die vor kurzem in meinen Besitz gekommen ist. Er begrüßte diese Chance, beschwerte sich aber über das Fehlen von Daten, da die Uhr vor kurzem gereinigt worden sei. Das amüsierte mich, bis er dann seine Beobachtungen und Deduktionen einzeln aufzählte, wonach ich glaubte, daß er mein Privatleben ausspioniert habe, um schlau zu erscheinen. Zuerst war ich bitterlich erzürnt, dann erst recht, als er sich entschuldigte und seinen

Gedankengang erläuterte. Seine Angaben stimmten bis ins letzte Detail.

Nr. 1 – Watsons Familienuhr – Initialen "H. W." auf der Rückseite.

Nr. 2 – gehörte Watsons älterem Bruder (ich wußte nicht, daß ich einen Bruder hatte) – datiert um 1850, Initialen genauso alt, läßt vermuten, daß die Uhr für die vorige Generation gemacht wurde; der Vater ist bekanntlich tot; gewöhnlich erbt der älteste Sohn die Kleinodien.

Nr. 3 – Der Besitzer war unordentlich und unachtsam – das Uhrgehäuse ist an zwei Stellen eingebeult und hat überall Kratzer und Spuren, weil sich in der Uhrtasche auch Münzen und Schlüssel befanden.

Nr. 4 – Der Besitzer hatte gute Zukunftsaussichten – wenn man eine Uhr für fünfzig Guineen achtlos behandelt, kann man es sich wahrscheinlich leisten.

Nr. 5 – Der Besitzer wurde – mit kurzen Intervallen relativen Wohlstands – arm; im Deckel der Uhr sind vier Pfandleiher-Zeichen eingeritzt, also wurde sie oft versetzt und wieder ausgelöst.

Nr. 6 – Der Besitzer trank und ist gestorben – Kratzer um das Loch des Spannschlüssels auf dem Innendeckel sind Zeichen, daß der Schlüssel abgerutscht ist; der Betrunkene hinterläßt immer Spuren seiner zitternden Hand, wenn er seine Uhr nachts aufzieht.

Holmes beschloß diese Demonstration seiner Methode und fragte: "Was soll groß dabei sein?" Was hätte ich darauf antworten können? Wir haben übrigens gerade ein höchst außergewöhnliches Abenteuer hinter uns gebracht, was mich – das werden Sie gerne hören – dazu bringen könnte, noch eines meiner kleinen Dossiers zusammenzustellen.

Herzlichst Ihr

John H. Watson

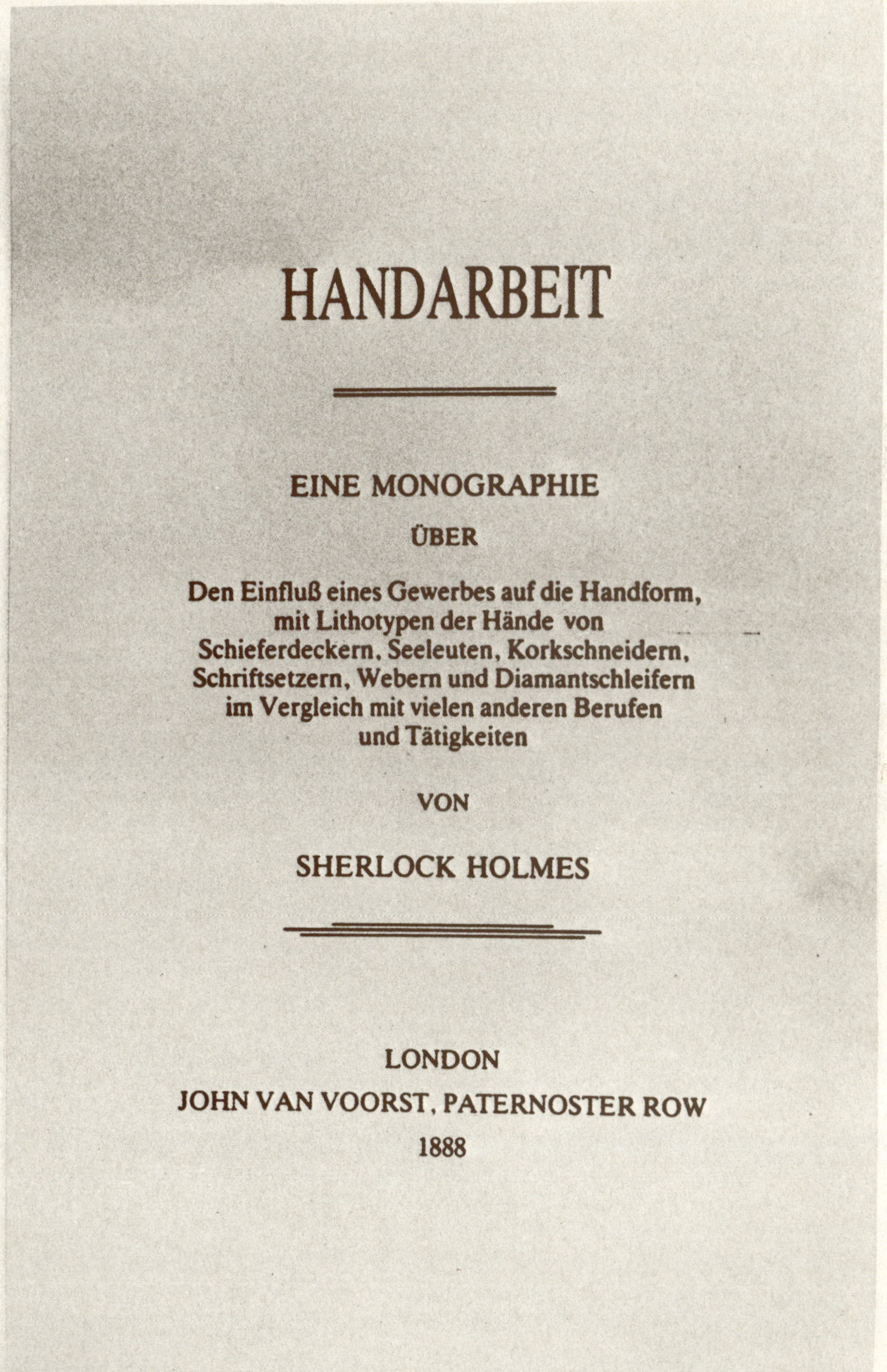

HANDARBEIT

EINE MONOGRAPHIE

ÜBER

Den Einfluß eines Gewerbes auf die Handform,
mit Lithotypen der Hände von
Schieferdeckern, Seeleuten, Korkschneidern,
Schriftsetzern, Webern und Diamantschleifern
im Vergleich mit vielen anderen Berufen
und Tätigkeiten

VON

SHERLOCK HOLMES

LONDON

JOHN VAN VOORST, PATERNOSTER ROW

1888

EINLEITUNG

Obwohl die Polizei gewohnt ist, eine Leiche zu identifizieren, indem man die bei ihr gefundenen Papiere oder ihre Kleidung, die Erscheinung oder auffällige Merkmale untersucht, scheitern diese Bemühungen oft und die Leiche bleibt »namenlos«: Sie kann nackt, verstümmelt oder auf andere Art beschädigt sein; es kann sich um einen Orts- oder gar Landfremden handeln. Letzteres ist besonders in großen Seehäfen wie London ein Problem.

In vielen Fällen des Versagens übersieht die Polizei eine höchst dankbare Ermittlungsmöglichkeit: Das Gesicht eines Mannes kann viel über seinen Charakter sagen, aber der Charakter eines Toten verrät weder seinen Namen noch seine Herkunft. Man muß wissen, was ein Mann tut, wie er arbeitet und womit er seine Zeit verbringt, dann kann man durch Deduktion herausfinden, *wo* er arbeitet und *mit wem* er seine Zeit verbringt, woraus sich ein Bild des Mannes selbst ergeben kann. Das Gesicht eines Mannes kann verraten, ob er im Freien oder drinnen arbeitet, aber seine Hände sagen viel mehr über seine Gewohnheiten aus. Man betrachte sie einmal von nahem.

In der Vergangenheit habe ich oft gewagt, meine Freunde bei Scotland Yard zu überreden, einige fortschrittliche Verfahrensweisen zu übernehmen. Die Polizei ist jedoch von Natur aus konservativ und bevorzugt althergebrachte Methoden, im Glauben, daß das Alte erprobt und richtig sei – alt mag es sein, erprobt mag es sein, aber es ist oft alles andere als richtig. Hier allerdings möchte ich die Polizei ausdrücklich dazu ermuntern, sich der Beobachtungen zu bedienen, die es in primitiveren Gesellschaften mit nicht so zahlreichen, eng umrissenen Tätigkeiten und Beschäftigungen jedem Menschen ermöglichte, die Spuren des Berufs beim Nachbar wie beim Fremden zu erkennen.

Meine Forschungen habe ich durchgeführt, indem ich eine Reihe Freiwilliger untersucht habe – größtenteils Feuerwehrleute, die alle aus verschiedenen Berufen kamen. Diese Art der Ermittlung würde ich allen zukünftigen Analytikern empfehlen, die, wie immer, eingeladen sind, meine Ergebnisse in eigenen Veröffentlichungen zu zitieren.

Bevor wir die verschiedenen Betätigungen systematisch studieren, wollen wir einige scheinbar widersprüchliche Beispiele betrachten. Ähnliche Berufe führen zu unähnlichen Spuren. Der Stukkateur bekommt vom Halten der Kelle eine Schwiele innen am Daumen, der Maurer nicht. Der Maurer hat Hornhaut an der Hand, mit der er sein Werkzeug hält, die Fingerspitzen seiner anderen Hand aber sind vom Hantieren mit den Ziegeln glatt. Der Schieferdecker hat ebenfalls an einer Hand glatte Fingerspitzen und eine Schwiele über die andere Handfläche, aber auch Schwielen an den Knien.

Der Grobschmied hat keine besonderen Spuren an den Handinnenseiten, seine Handrücken aber sind mit vielen kleinen Narben von heißen Funken aus dem Schmiedefeuer übersät. Die Schnitte und Narben an der Hand eines Metzgers sind ganz andere als die an der Hand eines Glasers oder die Nadelstiche an den Fingern einer Näherin oder eines Schneiders.

Man möchte meinen, daß bestimmte Berufe keine Spuren hinterlassen, doch selbst der Schreiber hat vom Halten des Federhalters bestimmte Schwielen am Mittelfinger und Tintenflecken in der Haut. Der Bäcker sollte durch seinen Beruf glatte Finger haben, aber er erwirbt sich Schwielen an den harten Kanten der Bleche, in denen er sein Brot backt. In ähnlicher Weise trägt die Melkerin, obwohl ihre Haut sogar sanft sein kann, auch Schwielen davon – vom Melken wie von der Buttermaschine.

Dienstag, den 18. September, Forts.

Unsere Besucherin, Miss Morstan, wirkte gefaßt. Sie war eine blonde junge Dame, klein, zierlich, mit hübschen Handschuhen und nach bestem Geschmack in gedeckten Graubeige gekleidet, ohne Besatz und Stickerei. Sie trug einen kleinen Turban von derselben dezenten Tönung, der nur vom Hauch einer weißen Feder an der Seite aufgehellt wurde. Als sie auf den Stuhl Platz nahm, den Holmes ihr hingeschoben hatte, konnte ich allerdings nicht umhin, zu bemerken, daß ihre Lippen bebten, ihre Hand zitterte und sie alle Anzeichen der inneren Erregung zeigte.

Ihr Anfang war von jener Einfachheit und Schlichtheit, die auf bescheidene wirtschaftliche Verhältnisse schließen lassen.

Sie erklärte, sie sei zu Holmes gekommen, weil er einmal die große Freundlichkeit besessen hätte, ihrer Dienstherrin, Mrs. Cecil Forrester, bei der Entwirrung einer kleinen häuslichen Komplikation zu helfen. Nun befand sich Miss Morstan in einer, wie sie es nannte, völlig unbegreiflichen Situation. Holmes beugte sich gespannt vor und ließ sein, wie ihm wohl bewußt ist, schönes Profil mit den scharfgeschnittenen, habichtartigen Zügen erkennen. Er bat sie, ihren Fall darzulegen. Ich hielt es für richtig, mich zurückzuziehen, aber zu meiner Überraschung und Freude bat Miss Morstan mich, zu bleiben und ihre Geschichte anzuhören.

Soweit ich mich entsinne, handelte es sich um einen ziemlichen einfachen Fall.

Ich konzentrierte mich einfach nur.

Ihr Vater war höherer Offizier in einem indischen Regiment gewesen und hatte sie in die Heimat geschickt, als sie noch ein Kind war. Ihre Mutter war gestorben; sonst hatte sie keine Verwandten in England. Sie wurde in einer gemütlichen Pension in Edinburgh untergebracht, wo sie blieb, bis sie siebzehn Jahre zählte. Vor zehn Jahren nun nahm ihr Vater zwölf Monate Urlaub und kam nach Hause. Er depeschierte ihr von London, und als sie in seinem Hotel ankam, teilte man ihr mit, er sei zwar dort angekommen, aber am vorigen Abend ausgegangen und noch nicht

zurückgekehrt. Sie wartete den ganzen Tag, ohne von ihm zu hören. Am Abend setzte sie sich mit der Polizei in Verbindung, und am nächsten Morgen gab sie in allen Zeitungen Anzeigen auf. Die Ermittlungen führten zu keinem Resultat, und von ihrem unglücklichen Vater hat man seither nichts mehr vernommen.

Holmes war, wie gewöhnlich, unbeeindruckt von dem offensichtlichen Kummer, den ihr die Erinnerung machte. Er öffnete sein Notizbuch und stellte ihr ein paar Fragen bezüglich des Datums, des Gepäcks ihres Vaters und seiner Freunde. Sie gab ihm Auskunft und kam dann zum erstaunlichsten Teil ihrer Erzählung. Vor etwa sechs Jahren erschien in der Times eine Annonce, die nach der Adresse von Miss Mary Morstan fragte. Sie war gerade als Gouvernante in die Dienste der Familie von Mrs. Cecil Forrester getreten. Sie meldete sich auf die Annonce hin, und am selben Tag erhielt sie eine kleine, an sie adressierte Pappschachtel, die eine sehr große, schimmernde Perle enthielt, aber kein einziges Wort der Erklärung. Seither ist jedes Jahr am gleichen Tag ein ebensolches Päckchen mit einer ebensolchen Perle angekommen - ohne jeden Hinweis auf den Absender. Ein Experte hatte ihr versichert, daß die Perlen von seltener Art sind und einen beträchtlichen Wert darstellen. Sie öffnete ein flaches Kästchen und zeigte uns einige der schönsten Perlen, die ich je gesehen habe.

Wie viele es waren?
1888 = letzte Perle
1882 = erste Perle
= 6 Perlen?
J.H.W.

Dann sagte sie uns, daß sie an diesem Morgen einen Brief bekommen hatte, in dem ein geheimes Treffen vorgeschlagen wurde, und den sie Holmes aushändigte. Er riet ihr, zu dem Treffen zu gehen, und bot ihr an, daß wir beide sie begleiteten. Miss Morstan bat mich, doch einzuwilligen, was ich stolz und glücklich auch tat. Dann zog sie die Adressen der Päckchen hervor, in denen die Perlen

geschickt worden waren, und überreichte sie Holmes zusammen mit dem Brief. Es war halb vier, als unsere Besucherin ging. Mit einem strahlenden, freundlichen Blick auf uns beide barg sie die Perlen wieder an ihrem Busen. Wir wollten uns um sechs Uhr wieder treffen.

Ich habe mich einfach daran gewöhnt, Sie dabeizuhaben, Watson.

Ich bemerkte zu Holmes, was für eine überaus attraktive Frau sie doch sei, aber er gab vor, nicht darauf geachtet zu haben, und ich wurde wütend. Er ist ein Automat, eine Rechenmaschine; zuweilen hat er etwas ausgesprochen Unmenschliches an sich. In lehrerhaftem Ton meinte er, ich dürfe mein Urteil nicht von solchen Qualitäten beeinflussen lassen, und erzählte mir, daß die charmanteste Frau, die er je kannte, gehängt worden sei, weil sie ihre drei kleinen Kinder wegen ihrer Lebensversicherung vergiftet hatte, und daß der abstossendste Mann seiner Bekanntschaft ein Philantroph sei, der für die Armen von London fast eine Viertelmillion gespendet hat.

Die Emotionen sind die Antagonisten des klaren Gedankens.

Ich mache niemals eine Ausnahme. Ausnahmen widerlegen die Regel!

Ich protestierte, Miss Morstan sei eine Ausnahme, aber er wechselte das Thema. Er bat mich, aufgrund des Rendezvous-Briefes den Charakter des Schreibers zu beurteilen. Die Schrift war gut leserlich und regelmäßig, also erklärte ich, es handele sich um einen Mann mit geschäftlichem Umgang und Charakter. Holmes sagte, ich hätte unrecht, und ging eine Stunde aus, nachdem er mir empfohlen hatte, Winwood Reades Martyrdom of Man zu lesen. Ich setzte mich ans Fenster, ignorierte den gewichtigen Band und konnte nur an unsere Besucherin denken: an ihr Lächeln, das tiefe, volle Timbre ihrer Stimme und das merkwürdige Geheimnis, das ihr Leben überschattete.

Eines der bemerkenswertesten Bücher, die je verfaßt worden sind.

Notizen zu Miss Mary Morstan

Vater – Capt. Morstan, 34. Bombay Infanterie Regiment, Wachoffizier auf den Andamanen-Inseln. Am 3. Dezember 1878 in London eingetroffen. Am selben Abend verschwunden. Am 4. Dezember Polizei informiert, am 5. Dez. Suchanzeige aufgegeben. Keine Antwort.

Gepäck im Hotel zurückgelassen: Kleidung, Bücher, Souvenirs von den Andamanen.

Freunde Einziger bekannter Freund in England Major Sholto; diente mit Morstan auf den Andamanen, zog sich nach Upper Norwood zurück. Leugnete jegliche Kenntnis davon, daß Morstan zurückgekehrt ist.

4. Mai 1882 Anon. Anzeige in der *Times* fragt nach der Adresse der Klientin, gefolgt von anon. Päckchen mit Perle, desgleichen im folgenden Jahr.

18. Sept. 1888 – Klientin hat anon. Brief erhalten. Poststempel London, S.W. Daumenabdruck des Postbeamten in einer Umschlagecke, Papier bester Qualität, Umschlag Sixpence pro Päckchen, Absender sonderbar, was seine Schreibutensilien betrifft.

Handschrift – Auf den Adressen der Perlenpäckchen verstellt, aber offensichtlich dieselbe wie auf Umschlag und Brief. Klientin sicher, daß Handschrift nicht die ihres Vaters.

Anmerkungen zum Charakter – Watson sieht regelmäßige Schriftzüge als Zeichen für Charakter. Männer mit Charakter aber überziehen stets die hohen Buchstaben, wie unleserlich sie auch schreiben mögen. Hier erheben sich die Buchstaben kaum über die Mittellängen. Das 'd' könnte ein 'a' sein und das 'l' ein 'e'. Etwas Schwankendes im 'k' und Eigenliebe in den Großbuchstaben. Bemerkenswert das ununterdrückbare griechische 'e' und der Schnörkel des Schluß-'s'!

S. H.

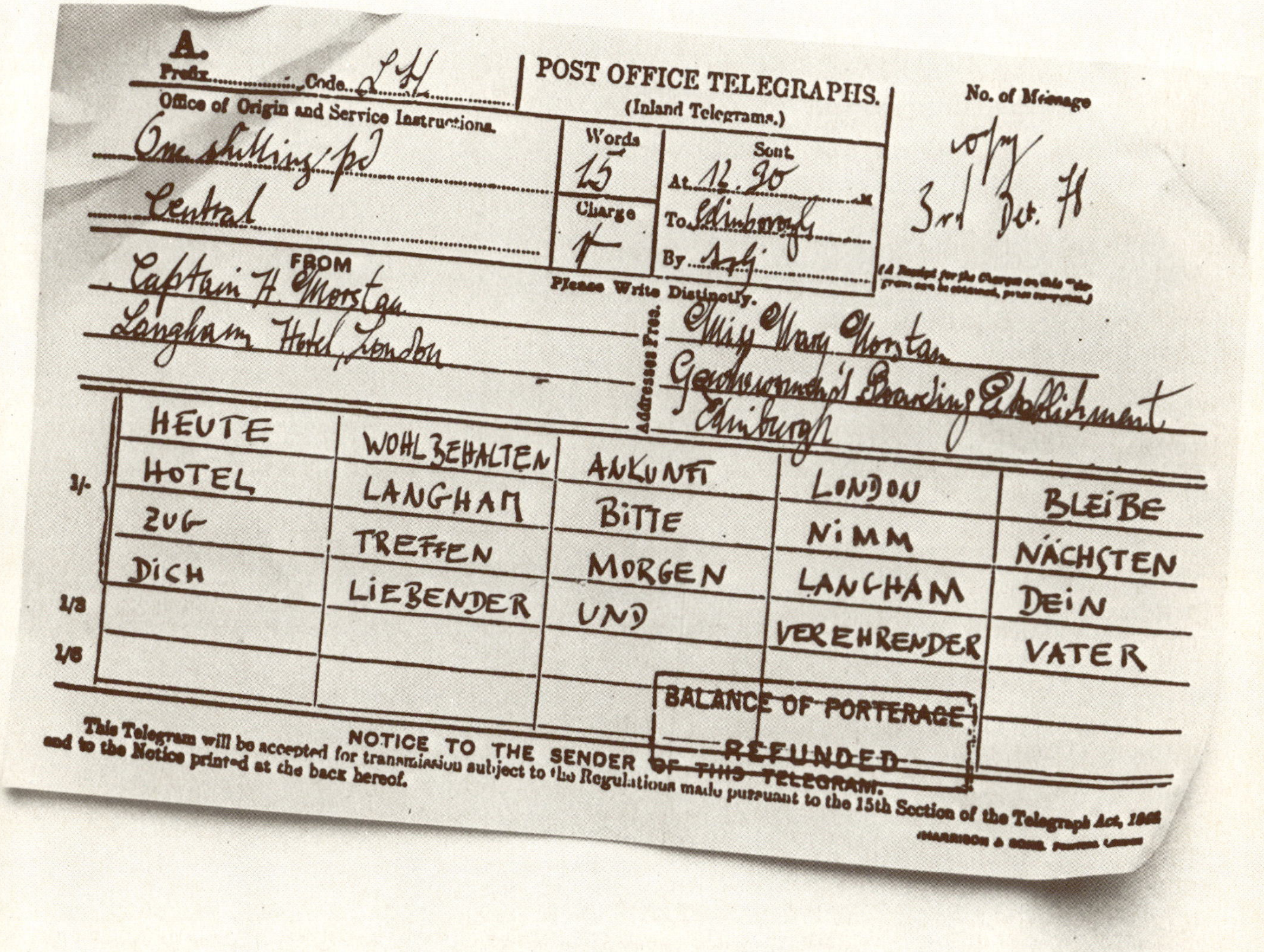

A.

Prefix .... Code LH

POST OFFICE TELEGRAPHS.

(Inland Telegrams.)

No. of Message

Office of Origin and Service Instructions.

One shilling pd

Central

Words 15

Charge 1/-

Sent. At 12.30 m

To Edinburgh

By Agl

copy

3rd Dec. 78

FROM

Captain H. Morstan

Langham Hotel, London

Please Write Distinctly.

Addressee's Pres.

Miss Mary Morstan

Gardenwood's Boarding Establishment

Edinburgh

3/-	HEUTE	WOHLBEHALTEN	ANKUNFT	LONDON	BLEIBE
	HOTEL	LANGHAM	BITTE	NIMM	NÄCHSTEN
	ZUG	TREFFEN	MORGEN	LANGHAM	DEIN
1/3	DICH	LIEBENDER	UND	VEREHRENDER	VATER
1/6					

BALANCE OF PORTERAGE

REFUNDED

NOTICE TO THE SENDER OF THIS TELEGRAM.

This Telegram will be accepted for transmission subject to the Regulations made pursuant to the 15th Section of the Telegraph Act, 1868 and to the Notice printed at the back hereof.

(HARRISON & SONS, Printers, London)

CAPTAIN MORSTAN. Zuletzt im Hotel Langham am Abend des 3. Dezember gesehen. Captain Morstan vom 34. Bombay Infanterie-Regiment oder jeder, der etwas über Captain Morstans Verbleib weiß, wird dringend gebeten, Scotland Yard, 4 Whitehall Place, zu benachrichtigen. Seine Tochter, Miss Mary Morstan, hofft verzweifelt auf ein Wiedersehen.

Aus: The Times
Donnerstag, 5 Dezember 1878

Pondicherry Lodge
Upper Norwood
London S

7. Dezember 1878

Liebe Miss Morstan,

Ich habe Ihren Brief vom 5. Dezember über das unselige Verschwinden Ihres Vaters, Captain Morstan, erhalten. Es betrübt mich sehr, daß Sie sich solche Sorgen um ihn machen, aber Sie sollten wissen, daß ich vor über einem Jahr aus der Armee ausgeschieden bin; und obwohl Captain Morstan und ich einst Kameraden waren, kann ich nicht behaupten, daß ich je ein guter Freund des Captains war, und bedaure, daß ich seit meinem Abschied keinerlei Kontakt zu ihm gehabt habe. Tatsächlich wußte ich nicht einmal, daß er sich gerade in England aufhielt.

Es tut mir aufrichtig leid, daß ich Ihnen in keiner Weise Hoffnung machen kann, bis auf die Vermutung, daß der Streß der langen Jahre auf einem einsamen Vorposten nun plötzlich in den Annehmlichkeiten der Großstadt Erleichterung gefunden hat, daß also Ihr Vater nur auf eine kurze Eskapade verschwunden ist und bald zurückkehren wird, um seine Familie wiederzusehen, für die ich, glauben Sie mir, die größte Sympathie empfinde, und verbleibe Herzlichst Ihr

John Sholto, Major

MARY MORSTAN. Miss Morstan oder jeder, der über den Verbleib von Miss Morstan informiert ist, möge bitte ihre Adresse in dieser Zeitung annoncieren, damit ihr eine vorteilhafte Nachricht von erheblicher Bedeutung übermittelt werden kann.

Aus: The Times

Donnerstag, 4. Mai 1882

MARY MORSTAN. Aufgrund der Annonce in diesem Blatt vom 4. Mai: Miss Mary Morstan ist postalisch c/o Mrs. Cecil Forrester, Lower Camberwell, London S., zu erreichen. Von Besuchen ist abzusehen.

Aus: The Times

Freitag, 5. Mai 1882

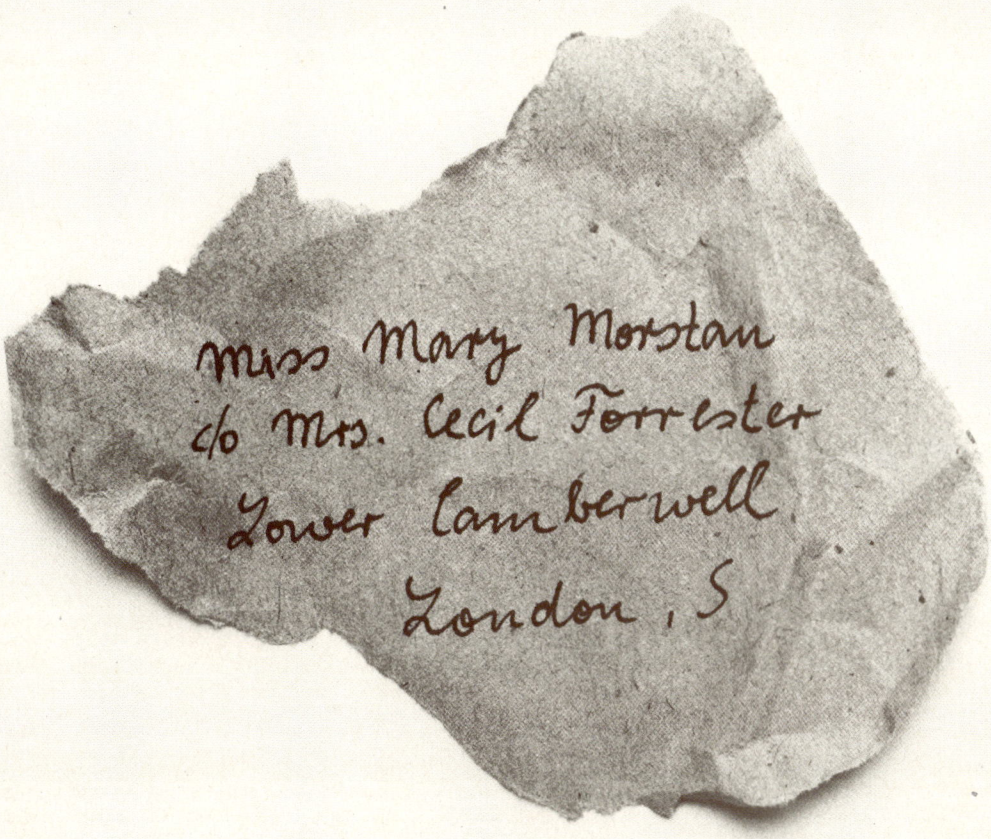

Anschrift auf der Schachtel mit der ersten Perle; angekommen am 5. Mai 1882

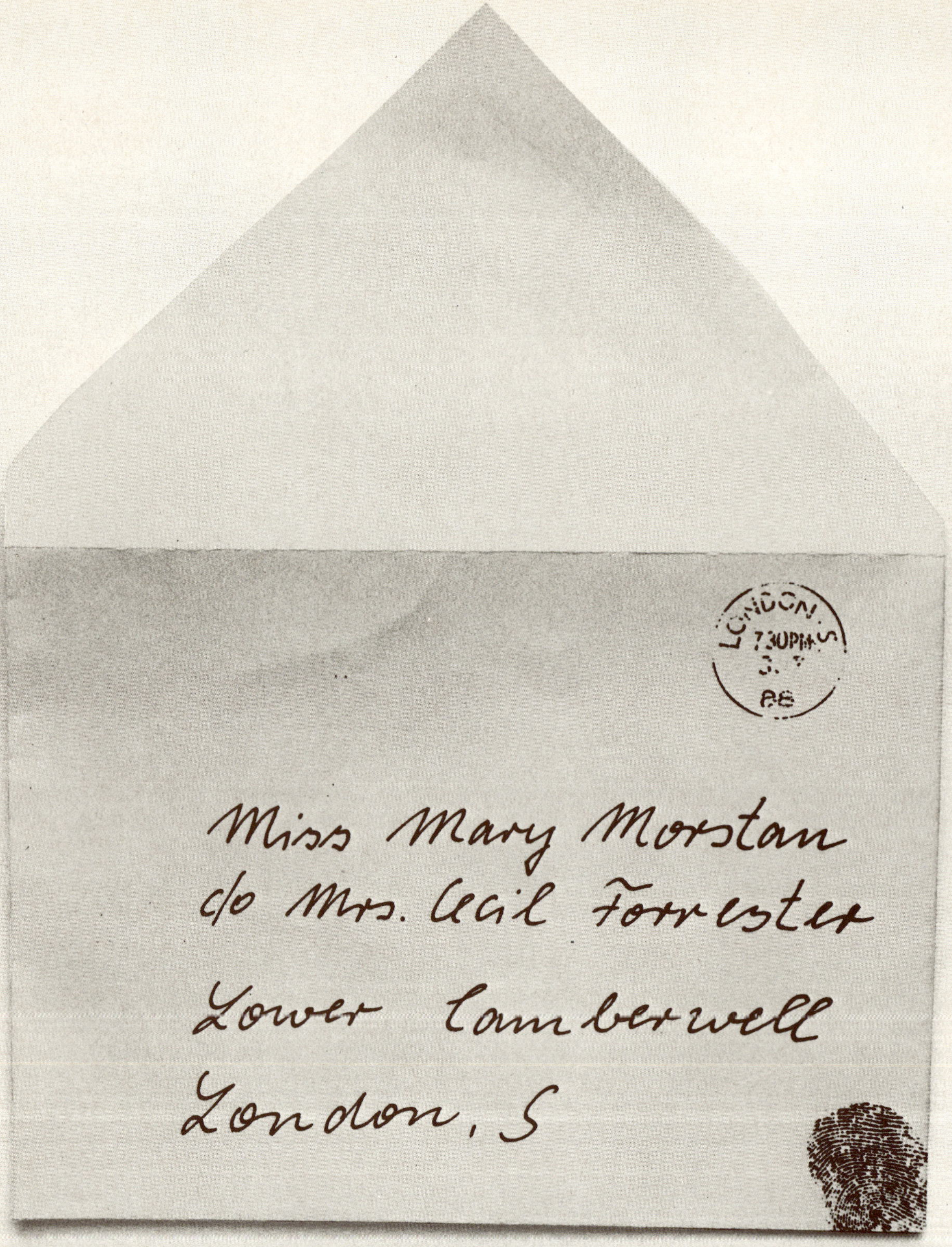
LONDON.S
7.30PM
88
Miss Mary Morstan
c/o Mrs. Cecil Forrester
Lower Camberwell
London, S

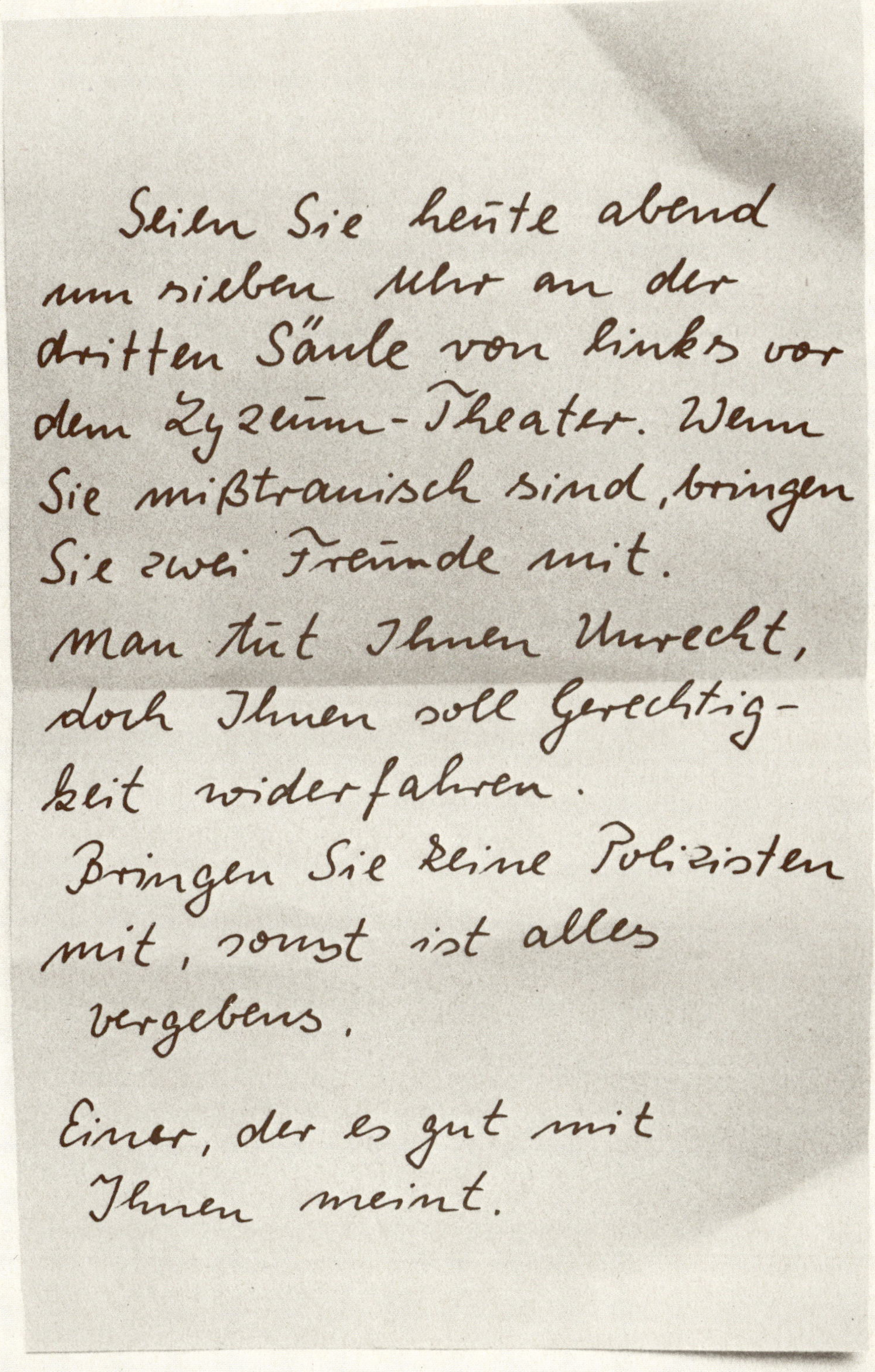

Seien Sie heute abend
um sieben Uhr an der
dritten Säule von links vor
dem Lyzeum-Theater. Wenn
Sie mißtrauisch sind, bringen
Sie zwei Freunde mit.
Man tut Ihnen Unrecht,
doch Ihnen soll Gerechtig-
keit widerfahren.
Bringen Sie keine Polizisten
mit, sonst ist alles
vergebens.

Einer, der es gut mit
Ihnen meint.

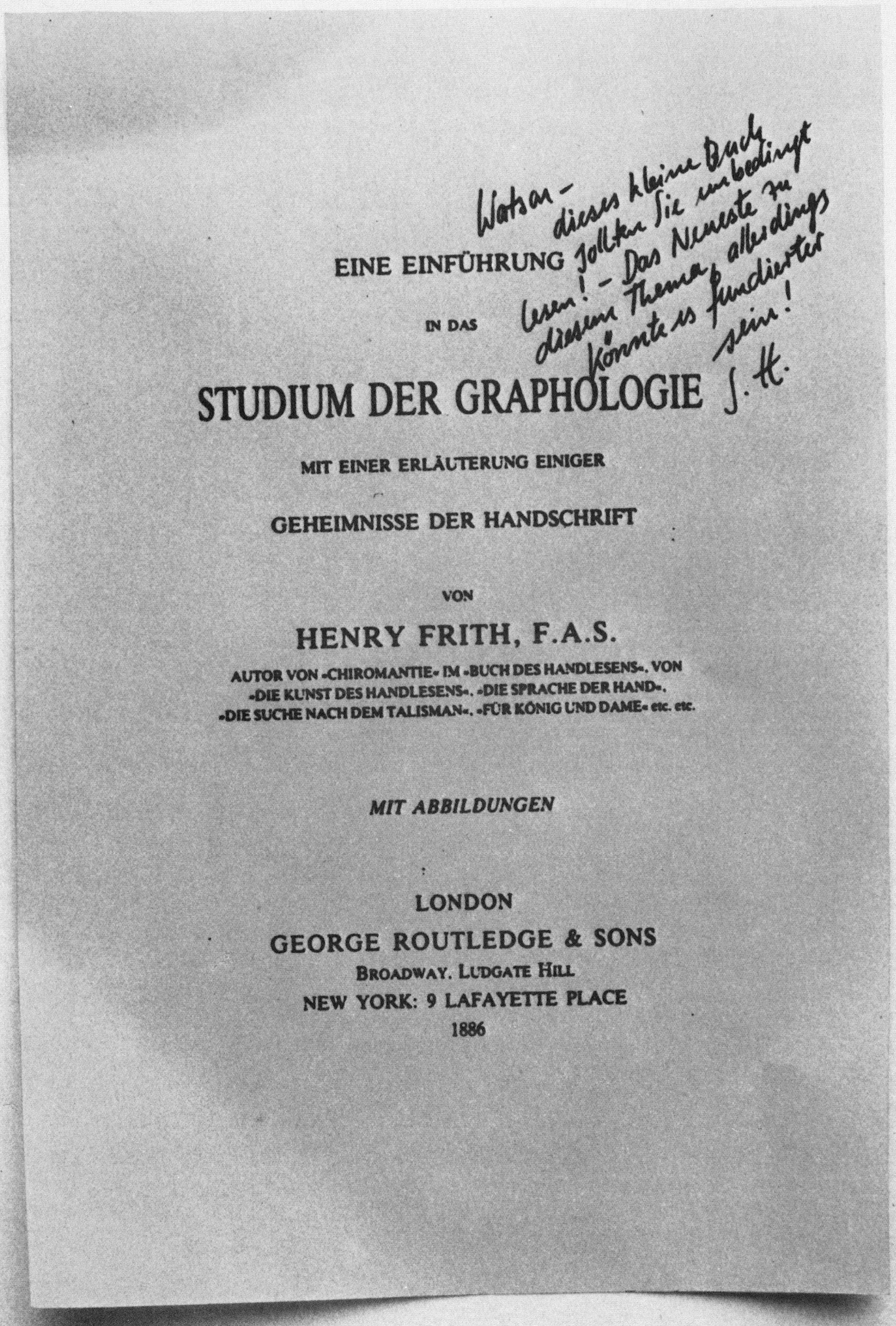

Watson – dieses kleine Buch sollten Sie unbedingt lesen! – Das Neueste zu diesem Thema allerdings könnte es fundierter sein! S. H.

EINE EINFÜHRUNG

IN DAS

STUDIUM DER GRAPHOLOGIE

MIT EINER ERLÄUTERUNG EINIGER

GEHEIMNISSE DER HANDSCHRIFT

VON

HENRY FRITH, F.A.S.

AUTOR VON »CHIROMANTIE« IM »BUCH DES HANDLESENS«, VON »DIE KUNST DES HANDLESENS«, »DIE SPRACHE DER HAND«, »DIE SUCHE NACH DEM TALISMAN«, »FÜR KÖNIG UND DAME« etc. etc.

MIT ABBILDUNGEN

LONDON
GEORGE ROUTLEDGE & SONS
BROADWAY, LUDGATE HILL
NEW YORK: 9 LAFAYETTE PLACE
1886

EINFÜHRUNG

Der Abbé Michon soll behauptet haben, daß, wenn er vier Zeilen irgendeiner Handschrift hätte, er beurteilen könne, was für ein Mann der Schreiber sei. »Donnez-moi quatre lignes de l'ecriture d'un homme, et je le fais prendre.«

Dem Abbé Flandrin, Dr. Poggi und einigen deutschen Graphologen ist die wissenschaftliche Welt für die neuesten Erkenntnisse um die Kunst, den Charakter aus der Handschrift abzulesen, verpflichtet. M. Desbarolles hat einen Band über das Thema geliefert – ein Werk, das ebenso aus der Erfahrung wie aus der Literatur schöpft. Den verstorbenen Abbé Flandrin aber darf man den »Vater der Graphologie« nennen, da er das System formuliert und ein vernünftiges Verfahren aufgestellt hat, wie die Deutung der Schrift vorzunehmen ist.

Die größte Schwierigkeit, der er sich gegenüber sah, war, wie ein Autor sagt, »die Methode zu erfinden«. Das ist richtig, und es ist ein Jammer, daß der Dahingeschiedene weder schriftliche Aufzeichnungen über die von ihm verfolgte Methode hinterlassen hat, noch über die Gründe, die ihn zu bestimmten Überlegungen führten, noch darüber, welche Eingebung ihn denn nun tatsächlich dazu angeregt hat, die Zeichen der Handschrift zu studieren. »Er hat seinen Schülern kein Manuskript vermacht; er hat nichts hinterlassen außer einer mündlichen Überlieferung, die wir, wenn nötig, zu Rate ziehen können.«

Aber wie wir bei der Erklärung der verschiedenen Geheimnisse, die auszuloten wir uns anheischig machen, sehen werden, muß sich der Abbé hauptsächlich vom gesunden Menschenverstand und der Wahrnehmung haben leiten lassen. Nach einem Beispiel seiner zierlichen Kalligraphie können wir feststellen, daß er nebst anderen guten Eigenschaften über eine hervorragende Intelligenz, Gründlichkeit und Hartnäckigkeit verfügte. Also stellte er seinen Hausverstand in seine Dienste, und seine Beobachtungsgabe lieferte die einfache Grundlage für das von ihm geschaffene System.

Die Graphologen vor unserer Zeit beurteilten die Handschrift gemeinhin als Ganzes und nicht im Detail. Die klare Schrift wies auf Ordnungsliebe hin, die elegante Schrift auf Verfeinerung, die schwere Hand auf Grausamkeit und so fort. Den modernen Graphologen blieb es überlassen, in die Feinheiten der »Wissenschaft«, wie sie genannt wird, einzudringen, und der gesunde Menschenverstand kann mit den Entdeckungen gewiß Schritt halten. Die Zeichen der Handschrift decken sich auf merkwürdige Weise mit den Charakteristika, auf die sie schließen lassen. Der Abbé muß mit Intuition und Deduktion gearbeitet haben. Er muß sorgfältig die Charaktere studiert und die Handschriften mit seinen gesicherten Kenntnissen verglichen haben, um zu dem Punkt zu kommen, an dem spätere Aspiranten den Pfad betreten haben, den er leider zu früh verließ.

Bevor wir mit diesem Buch begannen, haben wir selbst einige Monate denselben Plan verfolgt. Durch Erfahrung und Deduktion, durch kleine private Seancen mit unseren Freunden, die uns *ihre* Briefpartner analysieren ließen, ist es uns gelungen, zu einigen gültigen Schlußfolgerungen über die Handschrift zu kommen. Die Resultate unserer Lektüre und beträchtliche persönliche Erfahrung sind in diesem Büchlein zusammengefaßt.

Die *allgemeinen Tendenzen* der Disposition, der Charakter und *nicht* bloß der aktuelle Gemütszustand des Schreibenden, zeigen sich beim *planlosen* oder *achtlosen* Schreiben. Der Schreibende kann in Eile oder nervös oder aus verschiedenen Gründen »zitterig« sein, aber der allgemeine Stil seiner Handschrift bleibt, und selbst eine Wäschereirechnung wird Hinweise auf seine vorherrschenden Charakterzüge ergeben.

Es ist einem Mann oder einer Frau durchaus möglich, sich des Druckes halber eine Handschrift anzueignen, wie Madame Dudevant es getan hat. Aber ihre natürliche Handschrift hatte etwas »Männliches«, wenn auch keineswegs sehr viel, denn die Schrift, die sie sich mit ihrem Pseudonym zulegte, um

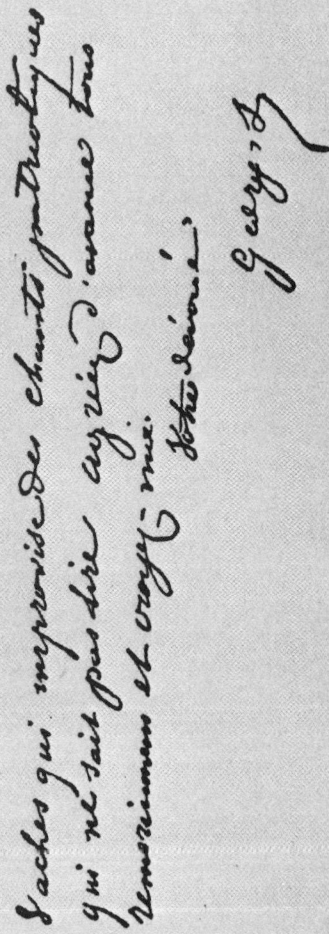

Dienstag, 18. September, Forts.

Holmes kehrte um halb sechs in ausnahmsweise ausgezeichneter Laune zurück und behauptete, er hätte ein höchst bedeutungsvolles Faktum entdeckt; nur ein paar Details müßten noch geklärt werden, um das Rätsel zu lösen. Major Sholto sei Ende April 1882 gestorben. Als ich Holmes nicht sofort gratulierte, schien er überrascht und meinte, er würde es mir später erklären. Er fragte, was für eine Theorie ich hätte, die zu den Tatsachen passe. Ich hatte keine, wollte ihm aber gerade ein paar schwierige Fragen stellen, um sein Selbstvertrauen zu erschüttern, als er durch die Ankunft von Miss Morstans Droschke gerettet wurde.

Sie haben selbst zugegeben, manchmal ziemlich begriffsstutzig zu sein!

Holmes nahm seinen Revolver, ich meinen schwersten Stock, und Miss Morstan, deren zartes Antlitz blaß, aber gefaßt wirkte, war in ein dunkles Cape gehüllt. Sie zog ein merkwürdiges Blatt Papier hervor, das sie, wie sie sagte, im Schreibtisch ihres Vaters gefunden hatte und nicht für wichtig hielt. Als Holmes es mit seiner Doppellupe untersucht hat, gab er zu, er könne auch nicht erkennen, wie es mit der Sache zusammenhinge, wies Miss Morstan aber an, das Blatt sorgfältig aufzuheben, weil er meinte, die ganze Angelegenheit könne sich als viel bedeutungsvoller und subtiler erweisen, als er zunächst annahm.

Es war offensichtlich doch wichtig, da es so lange aufbewahrt worden war.

Ich erinnere mich sehr gut an diese Fahrt. Holmes lehnte sich mit gerunzelter Stirn und leerem Blick zurück und war wieder sehr reserviert, während Miss Morstan und ich uns mit leiser Stimme über diese Expedition und ihren möglichen Ausgang unterhielten. Vielleicht war es ihre Gesellschaft, die mich dazu bewegt, die Stimmung des Abends mit mehr als der üblichen Sorgfalt festzuhalten. Es war noch nicht ganz sieben Uhr, aber der Tag war düster gewesen, und ein dichter, nieseliger Nebel lag über der

großen Stadt. Schmutzige Wolken hingen trist über schmutzigen Straßen. Die Laternen am "Strand" waren nur noch diffuse Lichtflecken, die einen matten, kreisrunden Schein auf das schmierige Pflaster warfen. Das gelbe Licht der Schaufenster quoll in die stickige, dampfende Luft und warf einen dumpfen, unsteten Schimmer auf die belebte Fahrbahn. Für mich hatte dieser endlose Zug von Gesichtern, die von jenen schmalen Lichtbündeln gestreift wurden, etwas aberwitzig Unheimliches - traurige Gesichter und fröhliche, verhärmte und heitere. Wie alle Menschen glitten sie aus dem Dunkel ins Licht und wieder ins Dunkel zurück. Ich bin nicht leicht zu beeindrucken, aber dieser düstere, drückende Abend und das seltsame Unterfangen, zu dem wir uns anschickten, machten mich nervös und niedergeschlagen. Ich konnte Miss Morstan ansehen, daß sie unter den gleichen Empfindungen litt.

Am Lyzeum-Theater standen bereits dichte Menschentrauben vor den Nebeneingängen. Vor dem Hauptportal ratterte ein ununterbrochener Strom von Hansoms und Kutschen vorüber, die ihre Fracht abluden: hemdbrüstige Männer und Damen, behängt mit Schals und Geschmeide. Wir hatten kaum unseren Treffpunkt, die dritte Säule, erreicht, als ein kleiner, dunkler, behender Mann in Kutscherkleidung auf uns zukam, uns fragte, ob wir mit Miss Morstan gekommen seien, auf unserem Ehrenwort bestand, daß wir keine Polizisten seien, einen Gassenjungen schickte, um eine Kutsche herbeizuholen, die Türen für uns öffnete und selbst auf den Bock kletterte. Wir nahmen im Innern Platz und stürzten in rasender Fahrt durch die neblichten Straßen davon.

Ohne zu wissen, wohin wir fuhren oder warum, oder ob das ganze nur ein schlechter Scherz war, versuchte ich, Miss Morstan mit Anekdoten aus meiner Zeit in Afghanistan aufzuheitern; doch um die Wahrheit zu sagen: Ich war

selbst so aufgeregt, daß meine Geschichten ein wenig darunter litten. Später behauptete sie, ich hätte ihr höchst mitreißend erzählt, wie mitten in der Nacht eine Muskete in mein Zelt geblickt und ich ein doppelläufiges Tigerjunges darauf abgefeuert hätte. Ich hatte bald jegliche Orientierung verloren, Holmes aber notierte sich weiter die Straßen und Plätze, über die wir fuhren: Rochester Row - Vincent Square - Vauxhall Bridge Road - über die Themse auf das Surrey-Ufer - Wordsworth Road - Priory Road - Lark Hall Lane - Stockwell Place - Robert Street - Cold Harbour Lane - in ein düsteres Viertel, dessen lange Reihen gleichförmiger Ziegelhäuser nur durch den matten Schimmer der Eckkneipen aufgelockert wurden. Dann kamen reihenweise zweistöckige Villen, jede mit einem Miniatur-Vorgarten, und dann wieder nichtendenwollende Straßenzüge, gesäumt von neuen Backsteinbauten. Schließlich hielten wir vor dem dritten Haus einer neuen Siedlung, dem einzigen bewohnten, aus dessen Küchenfenster allein ein Licht drang. Die Tür wurde von einem Hindu-Diener geöffnet, der einen gelben Turban, ein locker fallendes Gewand und eine gelbe Schärpe trug; er verkündete uns, daß wir vom Sahib erwartet würden.

Ihre Londoner Ortskenntnisse lassen zu wünschen übrig

Die monströsen Fangarme, die das Ungeheuer Großstadt ins Land ausstreckte

Diese orientalische Erscheinung im gewöhnlichen Eingang eines drittklassigen Vorstadthauses hatte etwas Unpassendes.

Fall Morstan

Notiz – Bericht über Major Sholtos Tod am 28. April 1882. Siehe letzte Spalten der Times vom 1. Mai.

Fakten – Captain Morstan verschwindet. Die einzige Person in London, die er besucht haben könnte, ist Major Sholto, der abstreitet, gewußt zu haben, daß Morstan in London war. Vier Jahre darauf stirbt Sholto. Binnen einer Woche nach seinem Tode erhält Captain Morstans Tochter ein wertvolles Geschenk, das sich von Jahr zu Jahr wiederholt und in einem Brief gipfelt, der sie als Frau bezeichnet, der man Unrecht getan hat.

Fragen – Auf welches Unrecht kann hier angespielt werden, wenn nicht auf den Verlust ihres Vaters? Warum sollten die Geschenke unmittelbar nach Sholtos Tod begonnen haben, wenn nicht deswegen, weil Sholtos Erbe etwas über das Geheimnis weiß und etwas wiedergutmachen möchte.

Notiz – Die Klientin bestätigt, daß Sholto und ihr Vater, die gemeinsam das Kommando über die Truppen auf den Andamanen führten, eng befreundet waren.

Notiz – Die in Captain Morstans Schreibtisch gefundene Karte wurde auf Papier indischer Fabrikation gezeichnet, das eine Zeitlang an ein Brett geheftet war.

Warum sollte der anonyme Briefschreiber jetzt erst geschrieben haben statt vor sechs Jahren? Welche Gerechtigkeit könnte Miss Morstan widerfahren, wenn nicht die Rückkehr ihres Vaters? J. H. W.

Ergab bestimmte Schwierigkeiten, doch ich glaubte, unsere nächtliche Expedition würde sie alle aufklären.

S. H.

TODESFÄLLE

Am 28. April verstarb in seinem Heim Pondicherry Lodge in Upper Norwood plötzlich MAJOR JOHN SHOLTO vom 34. Bombay Infanterie-Regiment. Das Begräbnis findet in aller Stille statt.

Aus: The Times, 1. Mai 1882
Major Sholtos Todesanzeige

In Capt. Morstans Schreibtisch gefundenes Blatt
J.H.W.
Das Zeichen der Vier
Jonathan Small, Mahomet Singh
Abdullah Khan, Dost Akbar

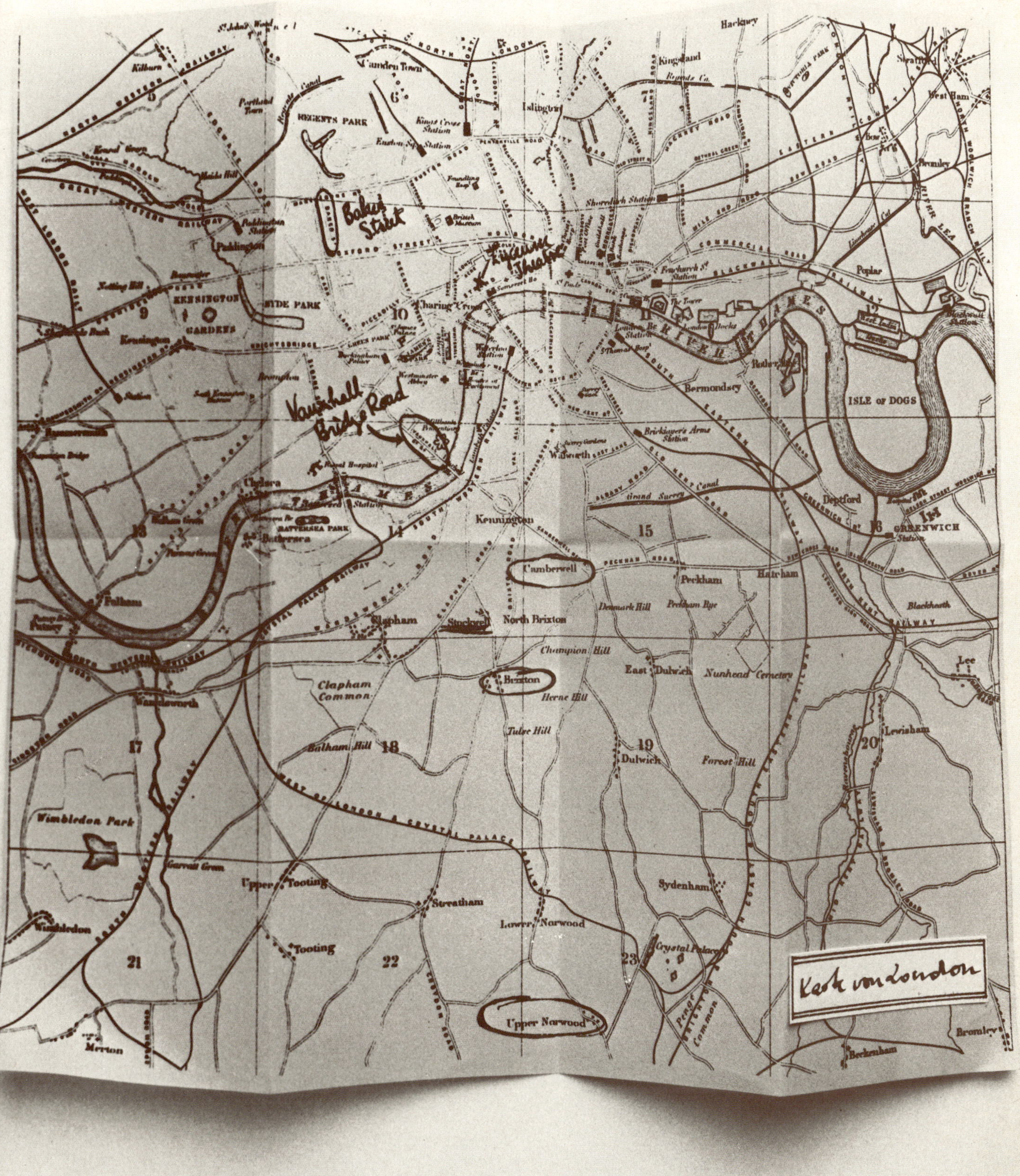

Hackney
Kilburn
Camden Town
Kingsland
Stratford
Portland Town
Regents Park
Kings Cross Station
Islington
West Ham
Euston Sq. Station
Bow
Bromley
Baker Street
Paddington
Shoreditch Station
British Museum
Lyceum Theatre
Commercial Road
Poplar
Notting Hill
Kensington
Kensington Gardens
Hyde Park
Charing Cross
Fenchurch St. Station
London Br. Station
River Thames
West India Docks
Brompton
Westminster Abbey
Rotherhithe
Bermondsey
Isle of Dogs
Vauxhall Bridge Road
Hammersmith
Chelsea
Battersea Park
Battersea
Walworth
Deptford
Grand Surrey Canal
Greenwich
Greenwich Station
Kennington
Fulham
Putney
Camberwell
Peckham
Hatcham
Peckham Road
Denmark Hill
Peckham Rye
Blackheath
Clapham
Stockwell
North Brixton
Champion Hill
Lee
East Dulwich
Nunhead Cemetery
Clapham Common
Brixton
Herne Hill
Wandsworth
Tulse Hill
Lewisham
Balham Hill
Dulwich
Forest Hill
Wimbledon Park
Garratt Green
Upper Tooting
Sydenham
Streatham
Lower Norwood
Wimbledon
Tooting
Crystal Palace
Upper Norwood
Merton
Beckenham
Bromley
Karte von London

Dienstag, 18. September, Forts.

Wir folgten dem Khitmutgar in einen schlecht beleuchteten Flur, bis er zu unserer Rechten eine Tür aufstieß. Inmitten des plötzlichen Scheines stand ein kleiner Mann mit einem sehr hohen Schädel, einem Kranz schütterer rötlicher Haare und einer glänzenden Glatze, die daraus emporragte wie ein Berggipfel zwischen den Tannen. Er rieb sich die Hände, und sein Mienenspiel war in ständiger Bewegung - mal lächelnd, mal grinsend. Die Natur hatte ihn mit einer hängenden Unterlippe und einer allzu sichtbaren Reihe gelber und unregelmäßiger Zähne begabt, die er zu verbergen suchte, indem er ständig seine untere Gesichtshälfte mit der Hand bedeckte. Trotz seiner auffälligen Glatze wirkte er jung.

Tatsächlich hatte er gerade sein dreissigstes Jahr vollendet!

Er stellte sich mit dünner, hohe Stimme als Mr. Thaddeus Sholto vor und bat uns, in sein "kleines Heiligtum" einzutreten. Wir waren alle überrascht. In diesem armseligen Haus wirkte seine Wohnung so deplaziert wie ein Diamant erster Güte in einer Blechfassung. Schwere, farbenfrohe Vorhänge und Gobelins verdeckten die Wände und wichen nur hier und da einem prächtig gerahmten Gemälde oder einer orientalischen Vase. Der Teppich war bernsteinfarben und schwarz und so dick, daß der Fuß darin versank wie in einem Moosbett. Zwei große Tigerfelle trugen zum östlichen Luxus bei, desgleichen eine riesige Wasserpfeife. Eine Art Leuchter in Form einer Silbertaube hing an einem fast unsichtbaren, goldenen Draht in der Mitte des Raumes und erfüllte die Luft mit einem aromatischen Duft.

Er bezeichnete sie als Oase der Kunst in der heulenden Wüste von Süd-London. Hier hingen ein Corot, ein Bouguereau und ein angeblicher Salvator Rosa.

Thaddeus Sholto wurde sehr aufgeregt, als er hörte, daß ich Arzt sei, und bat mich, seine Herzklappe abzuhören. Ich konnte nichts Außergewöhnliches feststellen bis darauf, daß er von Kopf bis Fuß vor Furcht zitterte. Er war sehr erleichtert und bemerkte aufgeräumt zu Miss Morstan,

daß ihr Vater heute noch leben könne, wenn er sein Herz nicht überanstrengt hätte. Ich hätte den Mann für diese Plumpheit niederschlagen können. Miss Morstan setzte sich, erbleichte bis an die Haarwurzeln und sagte, sie hätte in ihrem Herzen gewußt, daß er tot war.

Mr. Sholto versprach uns, ihr "jede Auskunft" zu geben und zu ihrem Recht zu verhelfen, und bemerkte, Holmes und ich würden nützliche Zeugen abgeben, wenn er sich später mit "Bruder Bartholomew" in Norwood auseinandersetze; anscheinend hatte er sich mit jenem am Abend zuvor darüber gestritten, daß er sich mit Miss Morstan in Verbindung gesetzt hatte. Sie wirkte mittlerweile sehr müde, und so schlug ich vor, sofort nach Norwood aufzubrechen, doch er wollte zunächst seine Geschichte loswerden, soweit er die Fakten selbst kannte. Er entschuldigte sich für seine Vorsichtsmaßnahmen bei der ersten Kontaktaufnahme zu uns, und meinte, er sei ein Mann von feinerer Lebensart und verabscheue die rohe Masse. Wir erklärten uns bereit, alles, was er sagte, für uns zu behalten.

Mr. Sholto bot uns Chianti und Tokayer an, was wir ablehnten, und wandte sich dann seiner Wasserpfeife zu. Er befestigte ein Mundstück an dem großen Schlauch, und der Rauch blubberte fröhlich durch das Rosenwasser. Wir drei saßen im Halbkreis um ihn herum und hörten seiner Geschichte zu, die ich Wort für Wort festgehalten habe.

kein Zweifel, daß auch er den balsamischen Duft asiatischer Tabake für ein unschätzbares Beruhigungsmittel hielt.

THADDEUS SHOLTOS GESCHICHTE

(wie er sie Holmes, Miss Morstan & mir selbst erzählt hat)

Mein Vater war, wie Sie wohl schon vermutet haben, Major Sholto, der einst im Dienst der Indischen Armee stand. Vor etwa elf Jahren nahm er seinen Abschied und ließ sich in Pondicherry Lodge in Upper Norwood nieder. Er war in Indien zu Wohlstand gekommen und brachte eine beträchtliche Summe Geldes, dazu eine große Sammlung wertvoller Raritäten und seine indischen Diener mit nach Hause. Mit seinem Vermögen kaufte er sich ein Haus und lebte in großem Luxus. Mein Zwillingsbruder Bartholomew und ich waren die einzigen Kinder.

Ich erinnere mich sehr gut an das Aufsehen, das das Verschwinden Captain Morstans auslöste. Wir lasen die Einzelheiten in den Zeitungen, und da wir wußten, daß er ein Freund unseres Vaters gewesen war, diskutierten wir den Fall auch in seiner Gegenwart. Wie gewöhnlich, beteiligte er sich an unseren Spekulationen darüber, was wohl passiert sei. Keinen Moment hätten wir daran gedacht, daß das ganze Geheimnis in seiner Brust verborgen lag, daß von allen Menschen er allein das Schicksal von Arthur Morstan kannte.

Wir wußten indes, daß irgendein Geheimnis, eine dräuende Gefahr über unserem Vater schwebte. Er hatte große Angst, allein auszugehen, und stets waren zwei Preisboxer als Türhüter in Pondicherry Lodge angestellt. Williams, der Sie heute abend hergebracht hat, ist einer davon. Er war einmal Leichtgewichts-Meister von England. Unser Vater hat uns nie gesagt, was er fürchtete, aber er hatte eine höchst auffällige Abneigung gegen Männer mit Holzbein. Einmal hat er sogar mit dem Revolver auf einen Holzbeinigen geschossen, der sich als harmloser Hausierer auf Kundensuche herausstellte. Wir mußten eine Menge zahlen, um die Sache zu vertuschen. Mein Bruder und ich hielten das für einen bloßen Spleen meines Vaters, aber die Ereignisse seither haben uns dazu gebracht, unsere Meinung zu ändern.

Anfang 1882 erhielt mein Vater einen Brief aus Indien, der ihn aufs äußerste erregte. Er wurde am Frühstückstisch beinahe ohnmächtig, als er ihn öffnete, und von jenem Tage an siechte er dahin. Was in dem Brief stand, haben wir nie herausgefunden, aber als er ihn in der Hand hielt, konnte ich erkennen, daß er kurz und in einer krakeligen Handschrift abgefaßt war. Mein Vater war schon recht ziemlich sonderbar gewesen, aber nun ging es rapide bergab, und Ende April teilte man uns mit, es gebe keine Hoffnung mehr und er wolle ein letztes Mal mit uns sprechen.

Offenbar hat er ihn vernichtet.

Als wir sein Zimmer betraten, saß er mit Kissen festgestopft und schweratmend im Bett. Er bestand darauf, daß

die Tür abgeschlossen wurde und wir an beide Seiten des Bettes kommen sollten. Dann faßte er uns bei den Händen und machte mit einer von Erregung ebenso wie vom Schmerz gebrochenen Stimme ein erstaunliches Geständnis. Ich werde versuchen, es mit seinen eigenen Worten wiederzugeben.

"Nur eine Sache", sagte er, "bedrückt in diesem letzten Augenblick mein Gewissen, und das ist, wie ich die arme Morstan-Waise behandelt habe. Die verfluchte Habgier, die mein ganzes Leben lang meine Gewohnheitssünde gewesen ist, hat ihr den Schatz vorenthalten, von dem ihr mindestens die Hälfte zugestanden hätte. Und ich habe ihn nicht einmal selbst genutzt - so blind und dumm ist der Geiz. Das bloße Gefühl des Besitzes ist mir so kostbar gewesen, daß ich es nicht ertragen konnte, mit anderen zu teilen. Seht ihr den Rosenkranz da mit den Perlen, neben der Chinin-Flasche? Nicht einmal davon konnte ich mich trennen, obwohl ich ihn mit der Absicht hervorgekramt hatte, ihn ihr zu schikken. Ihr, meine Söhne, werdet ihr einen gerechten Anteil am Agra-Schatz zukommen lassen. Aber schickt ihr nichts - nicht einmal den Rosenkranz -, bis ich dahingegangen bin. Schließlich ist es auch anderen schon so schlecht gegangen und sie haben sich doch noch erholt.

Jetzt will ich euch berichten, wie Morstan gestorben ist," fuhr er fort. "Er hatte schon seit Jahren ein schwaches Herz, das aber vor allen geheimgehalten. Ich allein wußte davon. In Indien waren wir beide durch eine Verkettung erstaunlicher Umstände in den Besitz eines beträchtlichen Schatzes gekommen. Ich brachte ihn mit nach England, und als Morstan ankam, begab er sich noch am selben Abend hierher, um seinen Anteil einzufordern. Er war zu Fuß vom Bahnhof hergekommen und wurde von meinem treuen alten Lal Chowdar eingelassen, der nun auch schon tot ist. Morstan und ich hatten eine Meinungsverschiedenheit über die Aufteilung des Schatzes, und es kam zu einem hitzigen Wortwechsel. Morstan sprang in heller Wut von seinem Stuhl auf, als er plötzlich die Hand an die Brust preßte, erbleichte und rücklings niederstürzte, wobei sein Kopf an einer Ecke der Schatztruhe anstieß. Als ich mich über ihn beugte, stellte ich zu meinem Entsetzen fest, daß er tot war.

Lange saß ich wie betäubt da und fragte mich, was ich nun tun sollte. Meine erste Regung war natürlich, Hilfe herbeizuholen; aber ich konnte nicht umhin, mir darüber klar zu sein, daß man mich fast mit Sicherheit des Mordes an ihm beschuldigen würde. Sein Tod im Streit, die Wunde am Kopf - es sah übel aus für mich. Und eine offizielle Ermittlung konnte nicht angestellt werden, ohne daß der Schatz erwähnt würde, den ich unbedingt geheimhalten wollte. Morstan hatte mir gesagt, keine Menschenseele wisse,

wohin er gegangen sei. Es bestand also keine Notwendigkeit, daß je eine Seele davon erfahren sollte.

Ich dachte noch über die Sache nach, als ich aufsah und meinen Diener Lal Chowder in der Tür stehen sah. Er schlüpfte herein und verriegelte die Tür hinter sich. 'Keine Angst, Sahib,' sagte er, 'keiner braucht wissen, daß Du ihn tötest. Wir verstecken ihn, und wer soll es je erfahren?' 'Ich habe ihn nicht getötet,' sagte ich. Lal Chowder schüttelte den Kopf und lächelte. 'Ich habe alles gehört, Sahib,' sagte er, 'ich habe den Streit gehört und ich habe den Schlag gehört. Aber meine Lippen sind versiegelt. Alle im Haus schlafen. Schaffen wir ihn beiseite.' Das reichte mir, um mich zu entscheiden. Wenn mein eigener Diener nicht an meine Unschuld glaubte, wie konnte ich dann hoffen, zwölf dumme Kaufleute auf der Geschworenen-Bank zu überzeugen? Lal Chowder und ich beseitigten die Leiche in dieser Nacht, und binnen weniger Tage waren die Londoner Zeitungen voll vom geheimnisvollen Verschwinden Captain Morstans. Ihr seht, daß mir in dieser Sache kaum etwas vorzuwerfen ist. Mein Fehler liegt darin, daß wir nicht nur den Leichnam, sondern auch den Schatz versteckt haben und ich mich an Morstans Anteil geklammert habe wie an meinen eigenen. Ich möchte daher, daß ihr das Geschehene wiedergutmacht. Beugt euch herab, ich möchte euch etwas ins Ohr flüstern. Der Schatz liegt in - "

In diesem Moment verzerrte sich seine Miene ganz fürchterlich, seine Augen funkelten wild, sein Kinn fiel herab und er schrie mit einer Stimme, die ich nie vergessen werde: "Laßt ihn nicht rein! Um Christi Willen, laßt ihn nicht rein!" Wir beide fuhren herum und starrten auf das Fenster hinter uns, auf das sein Blick gerichtet war. Ein Gesicht blickte uns aus der Dunkelheit an. Wir konnten sehen, wie die Nase weiß wurde, wo sie gegen die Scheibe gedrückt wurde. Es war ein bärtiges, haariges Gesicht mit wilden, grausamen Augen und dem Ausdruck konzentrierter Wut. Mein Bruder und ich stürzten zum Fenster, aber der Mann war verschwunden. Als wir wieder zu unserem Vater traten, war sein Kopf hinabgesunken und sein Herz hatte aufgehört zu schlagen.

Wir durchsuchten den Garten noch in derselben Nacht, fanden aber keine Spur des Eindringlings bis auf einen einzelnen Fußabdruck im Beet unter dem Fenster. Ohne diese eine Spur hätten wir denken können, unsere Phantasie hätte dieses wilde, grausame Gesicht erfunden. Bald aber hatten wir einen zweiten und überzeugenderen Beweis, daß um uns herum geheimnisvolle Kräfte am Werk waren. Am nächsten Morgen fand man das Fenster in meines Vaters Zimmer offen, seine Schränke und Truhen waren durchsucht worden, und an seiner Brust haftete ein Zettel mit den Worten: "Das Zeichen der Vier." Was die Worte bedeuteten oder wer unser

geheimnisvoller Besucher gewesen sein mag, haben wir nie erfahren. Soweit wir es beurteilen konnten, war nichts von meines Vaters Besitz gestohlen worden, obwohl man alles auf den Kopf gestellt hatte. Wir brachten diesen sonderbaren Vorfall natürlich mit der Furcht in Zusammenhang, die meinen Vater sein Leben lang verfolgt hatte, aber er ist uns immer noch ganz und gar ein Rätsel.*

Ich erinnere mich noch, wie ich dachte, dies sei wohl endlich ein Problem, das Holmes davon abbringen würde, sich über das langweilige Leben zu beschweren. J. H. W.

Mein Bruder und ich waren, wie Sie sich denken können, ziemlich aufgeregt wegen des Schatzes, von dem mein Vater gesprochen hatte. Wochen und Monate gruben und wühlten wir den ganzen Garten um, ohne seinen Verbleib zu entdecken. Der Gedanke konnte einen rasend machen, daß er das Versteck genau in dem Moment verraten wollte, als er starb. Die Pracht der fehlenden Reichtümer konnten wir an dem Rosenkranz ermessen, den er herausgenommen hatte. Über diesen Rosenkranz hatten mein Bruder Bartholomew und ich eine kleine Auseinandersetzung. Die Perlen waren offenbar von beträchtlichem Wert, und er war nicht bereit, sich von ihnen zu trennen, denn, unter Freunden gesagt, neigt mein Bruder selbst ein wenig zum Fehler meines Vaters. Auch dachte er, wenn wir uns von dem Rosenkranz trennten, würden wir doch nur Gerüchten Nahrung bieten und uns schließlich in Schwierigkeiten bringen. Ich konnte ihn lediglich dazu überreden, daß er mich Miss Morstans Adresse herausfinden ließ, um ihr alljährlich eine einzelne Perle zu schicken und sie so zumindest vor Not zu bewahren.*

Ich entsinne mich, wie Miss Morstan sagte, das sei ein freundlicher Gedanke gewesen. J. H. W.

Wir waren Ihre Vermögensverwalter - so sah ich die Sache, obwohl Bruder Bartholomew es nie in diesem Licht betrachten konnte. Wir hatten selbst genug Geld. Ich wollte nicht mehr. Außerdem wäre es wohl wirklich schlechtes Benehmen, eine junge Dame in solch schäbiger Manier zu behandeln. "Le mauvais goût même au crime." Die Franzosen können solche Sachen sehr hübsch sagen. Unsere Meinungsverschiedenheit in dieser Sache ging so weit, daß ich es für das beste hielt, mich nach eigenen Räumlichkeiten umzusehen. Daher verließ ich Pondicherry Lodge und nahm den alten Khitmutgar und Williams mit. Gestern aber erfuhr ich, daß ein Ereignis von höchster Wichtigkeit eingetreten ist: Der Schatz ist gefunden worden. Ich setzte mich sofort mit Miss Morstan in Verbindung, und nun müssen wir nur nach Norwood hinausfahren und unseren Anteil einfordern. Ich habe Bruder Bartholomew meinen Standpunkt gestern abend erläutert, so daß wir, wenn schon nicht willkommen, so doch zumindest erwartet werden.

Bartholomew ist ein schlauer Bursche. Was meinen Sie, wie er herausgefunden hat, wo der Schatz war? Er war zu dem Schluß gekommen, daß er irgendwo im Haus sein mußte, also berechnete er den gesamten Rauminhalt und ließ das ganze Haus vermessen, so daß ihm kein Zoll entgehen konnte. Unter anderem fand er heraus, daß die Höhe des

Gebäudes 74 Fuß betrug, aber wenn er alle einzelnen Geschoß- und Deckenhöhen zusammenzählte, die er durch Bohrungen feststellte, kam er auf nicht mehr als 70 Fuß. Vier Fuß fehlten. Sie konnten nur im Dach des Hauses sein. Er ließ daher ein Loch in die Gipsdecke des obersten Raums brechen und stieß tatsächlich auf einen kleinen Verschlag, der zugemauert war und von dem niemand etwas wußte. In der Mitte auf zwei Sparren stand die Schatztruhe. Er ließ sie hinab, und da steht sie nun. Er schätzt den Wert der Geschmeide auf nicht weniger als eine halbe Million Pfund.

Die Fahrt nach Pondicherry Lodge

J.H.W

Dies letzte, die Entdeckung des Schatzes, erzählte uns Thaddeus Sholto, als wir schon in der Droschke nach Upper Norwood eilten. Er hatte einen langen, mit Schnüren verschlossenen Mantel mit Astrachan-Kragen und -Aufschlägen hervorgeholt, den er trotz der extrem schwülen Nacht bis obenhin zuknöpfte. Dann zog er eine Kaninchenfell-Mütze mit Ohrenklappen an, so daß bis auf sein spitzes, unruhiges Gesicht nichts mehr von ihm zu sehen war. Die ganze Zeit sprach er mit hoher Stimme, die selbst das Räderrasseln übertönte.

Als er die gigantische Summe von einer halben Million Pfund erwähnte, starrten wir einander mit offenem Munde an. Wenn wir Miss Morstan zu ihrem Recht verhelfen konnten, würde sich die ärmliche Gouvernante zu einer der reichsten Erbinnen Englands verwandeln. Das war sicher für einen loyalen Freund der richtige Zeitpunkt zur Freude, doch muß ich leider zugeben, daß die Selbstsucht meine Seele gepackt hatte und mein Herz schwer wie Blei wurde. Ich stotterte ein paar Glückwünsche und kauerte niedergeschlagen da, taub für das Gebabbel unseres neuen Bekannten. Er war eindeutig ein Hypochonder, und ich weiß noch, daß er ständig neue Symptomketten zur Sprache brachte und mich nach der Zusammensetzung und Wirkungsweise von unzähligen Quacksalbereien fragte, von denen er ein paar in einem Lederetui in der Tasche bei sich hatte. Ich hoffe nur, daß er sich nicht der Antworten entsinnt, die ich ihm an diesem Abend gab.*

* Sie haben ihm davor gewarnt, mehr als zwei Portionen Biberöl zu nehmen, und ihm Strychnin in grossen Mengen als Beruhigungsmittel empfohlen.

S. H.

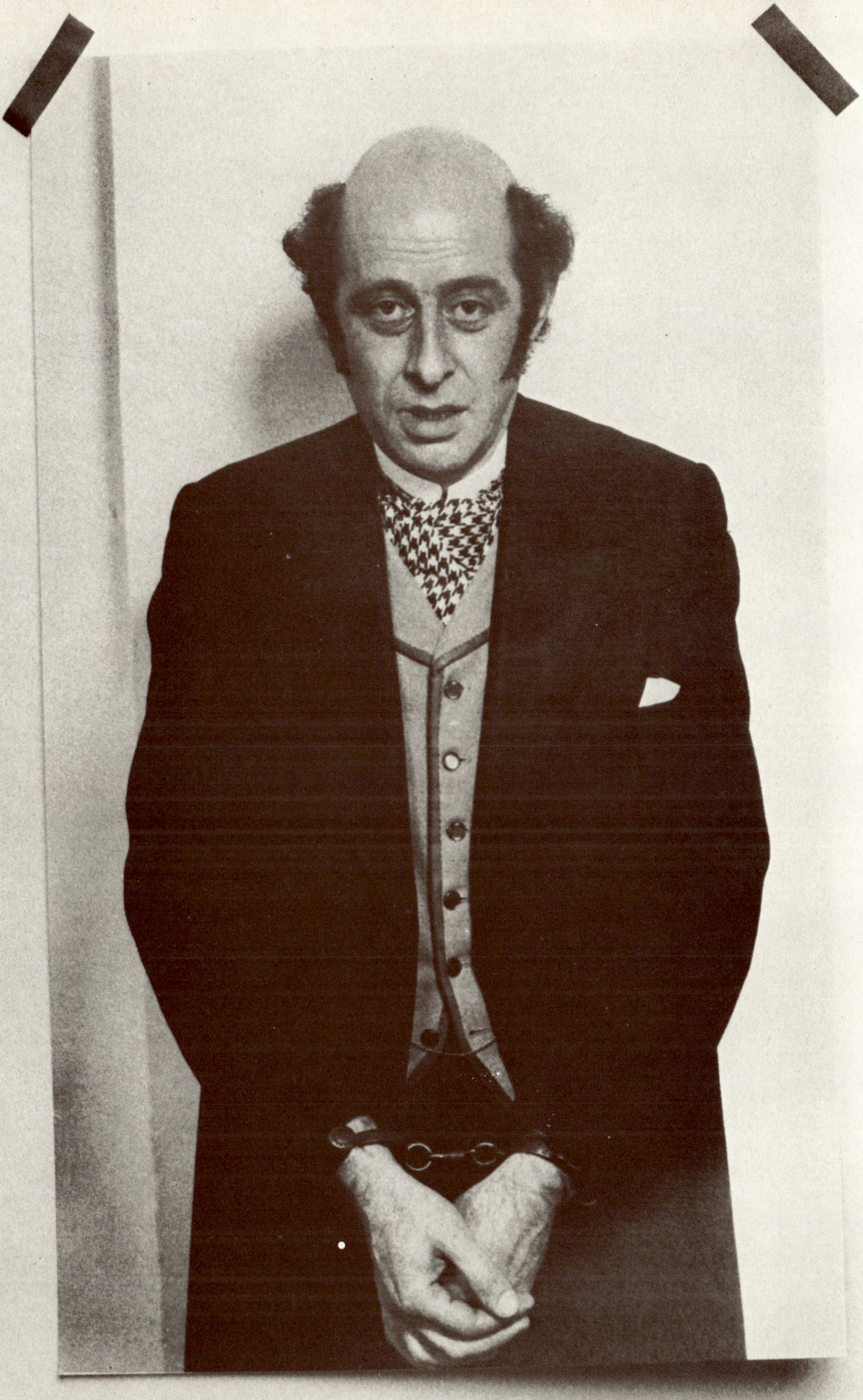

Thaddeus Sholto.

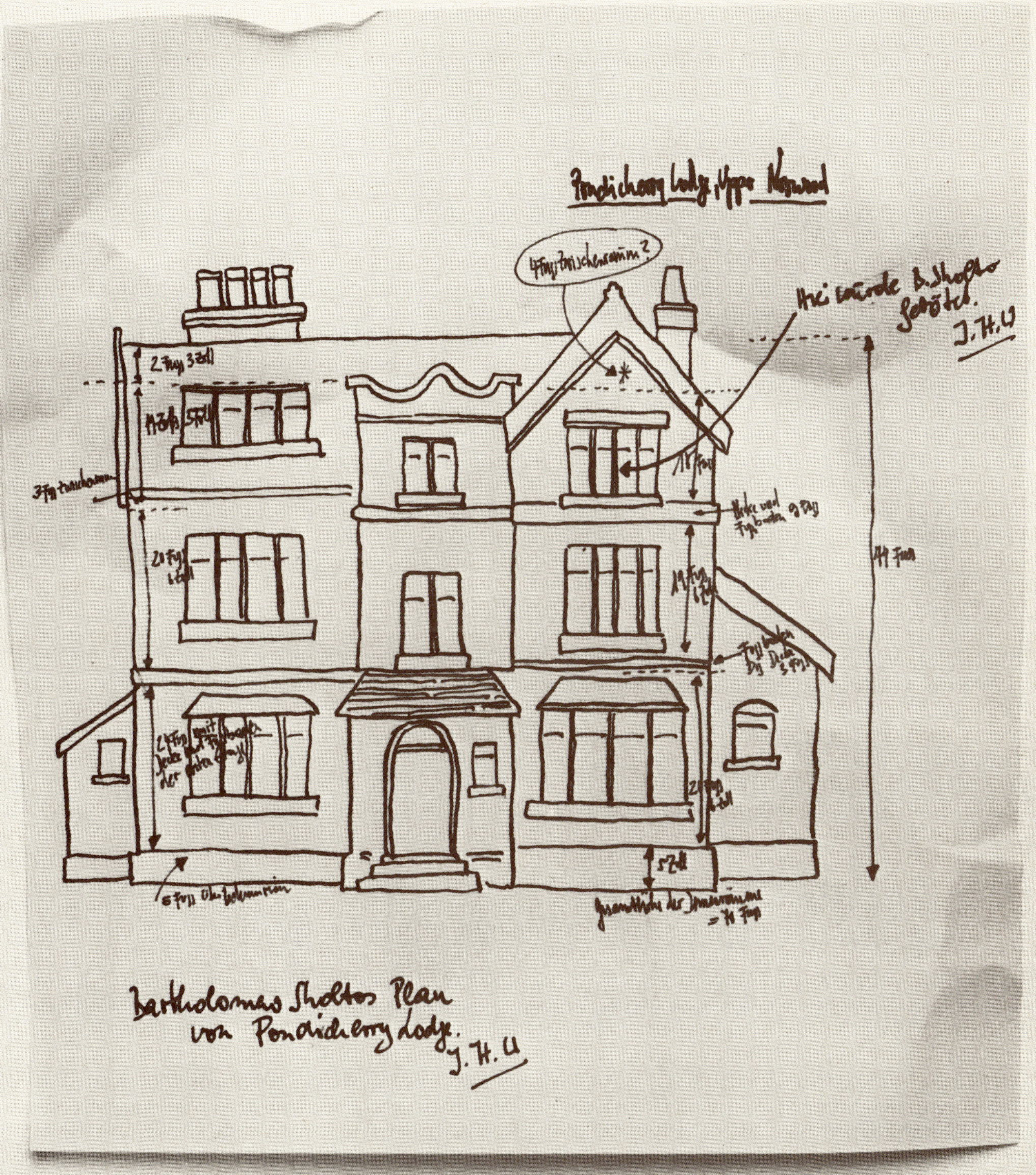

Pondicherry Lodge, Upper Norwood
4 Fuß Zwischenraum?
Hier wurde B. Sholto getötet.
J.H.W
Bartholomew Sholtos Plan
von Pondicherry Lodge.
J.H.W

Dienstag, 18. September, Forts.

Es war schon fast elf Uhr, als wir die letzte Station unseres nächtlichen Abenteuers erreichten. Wir hatten die feuchten Nebel der Großstadt hinter uns gelassen, und die Nacht war mild und schön. Pondycherry Lodge stand auf eigenem Grundstück, umgürtet von einer sehr hohen, mit Glasscherben bekrönten Steinmauer. Ein eisenbeschlagenes Tor bildete den einzigen Eingang.

Sholto klopfte mit einem seltsamen Postboten-Signal, worauf eine barsche Stimme von innen antwortete. Nach einigem Schlüsselgeklapper schwang die Tür langsam auf, und ein untersetzter, schmalbrüstiger Mann mit vorgestrecktem Gesicht und mißtrauisch zwinkernden Augen stand im Schein unserer Laterne. Dieser Mann namens McMurdo sagte, er dürfe keine Fremden einlassen. Sholto erwiderte, wir seien seine Freunde, und er habe seinem Bruder am Abend zuvor gesagt, er möge uns erwarten. Aber vergeblich - bis Holmes vortrat und McMurdo daran erinnerte, daß er als Amateur vor vier Jahren einmal drei Runden gegen ihn im Ring gestanden hatte. McMurdo dröhnte ihm einen Gruß entgegen und sagte Holmes, er hätte ihn ganz bestimmt erkannt, wenn Holmes ihm nur noch so einen Kinnhaken wie damals versetzt hätte, entschuldigte sich, daß er nur seinen Befehlen gefolgt sei, und ließ uns hinein.

Im Innern schlängelte sich ein Kiesweg über ein verkommenes Grundstück zu einem gewaltigen Klotz von Haus, das bis auf ein Dachfenster, auf das der Mondschein fiel, im Dunkeln lag. Sholto war allerdings überrascht, daß kein Licht in Bartholomews Zimmer brannte. Die Größe des Gebäudes und seine unheimliche, gespenstische Stille ließen sogar unseren Führer erschauern. Aus dem Zimmer der Haushälterin neben der Tür drang Licht durchs Fenster, und

Am Abend seines Sieges haben wir drei Runden im Alison Room ausgefochten. Sie sehen, Watson, wenn alle Stricke einreißen, steht mir immer noch eine wunderbare Laufbahn offen.

Sholto wollte gerade ins Haus gehen, als das gebrochene Jammern einer verängstigten Frau durch die Nacht drang. Sholto lief nun zur Tür, klopfte sein merkwürdiges Zeichen und wurde von einer hochgewachsenen, alten Frau eingelassen - der Haushälterin, Mrs. Bernstone.

Während wir draußen warteten, schwang Holmes die Laterne umher, und wir betrachteten die großen Erdhaufen, die das Gelände* bedeckten. Miss Morstan und ich standen beieinander, und so war es nur natürlich, daß unsere Hände intuitiv nach der des anderen tasteten. Sie sagte, es sähe so aus, als hätte man alle Maulwürfe von England hier losgelassen, und ich meinte, so etwas hätte ich bislang nur an einem Hügel bei Ballarat gesehen, wo Goldgräber am Werk gewesen waren.

Da stürzte Sholto aus dem Haus und stammelte, er hätte Angst um Bartholomew. Wir eilten ins Zimmer der Haushälterin, wo wir Miss Morstan ließen, um Mrs. Bernstone beizustehen. Holmes nahm die Lampe und ging voran, die Treppen hinauf. Thaddeus war so erschüttert, daß ich ihn stützen mußte. Zweimal zog Holmes seine Lupe hervor und untersuchte sorgfältig Spuren, die für mich nur wie formlose Flecken auf den Kokosmatten aussahen, die als Treppenläufer dienten.

Die dritte Treppe endete in einem geraden, ziemlich langen Flur, den ein großer, indischer Wandteppich schmückte. Holmes klopfte an die dritte Tür links, doch niemand antwortete. Er versuchte zu öffnen, doch die Tür war von innen mit einem dicken Bolzen verriegelt. Da der Schlüssel aber umgedreht war, war das Schlüsselloch nicht völlig verdeckt. Holmes sah hindurch und richtete sich sofort wieder auf, holte scharf Luft und sagte, im Zimmer sei etwas Teuflisches* passiert. Ich beugte mich zum

* Nach sechs Jahren Schatzsuche kein Wunder, daß das Grundstück wie eine Kiesgrube aussah

* Er war stärker erschüttert, als ich ihn je zuvor gesehen hatte. J.H.W.

Schlüsselloch hinab und fuhr entsetzt zurück. Mondlicht durchflutete den Raum. Genau vor meinen Augen und scheinbar in der Luft (denn der Rest lag im Schatten) hing ein Gesicht – das Gesicht unseres Begleiters Thaddeus. Derselbe hohe, glänzende Schädel, derselbe rötliche Haarkranz, derselbe blutleere Teint. Die Gesichtszüge waren zu einem entsetzlichen Grinsen verzerrt. Das Gesicht glich dem unseres kleinen Freundes so sehr, daß ich mich umsah, um mich zu versichern, daß er tatsächlich neben uns stand. Dann erst fiel mir ein, daß die beiden Zwillinge waren.

Holmes und ich brachen die Tür auf und betraten Bartholomews Kammer, die wie ein Chemielabor eingerichtet war. Flaschen mit Glasstöpseln, Bunsenbrenner, Reagenzgläser und Retorten waren über den Tisch verstreut. Von den mehreren, weidenumflochtenen Säureflaschen schien eine undicht oder zerbrochen zu sein, denn eine dunkle Flüssigkeit tröpfelte daraus hervor, und ein merkwürdig stechender, teerartiger Geruch erfüllte die Luft. Inmitten eines Haufens Mörtel und Latten stand eine Leiter an einer Wand, und darüber war ein Loch in der Decke, groß genug für einen Mann. Am Fuß der Leiter lag ein langes Seil.

Am Tisch saß in einem hölzernen Lehnstuhl der Hausherr – zusammengesunken, den Kopf auf der linken Schulter und dieses gespenstische, unergründliche Lächeln auf dem Gesicht. Er war steif und kalt und offenbar seit einigen Stunden tot.* Neben seiner Hand lag ein merkwürdiges Gerät auf dem Tisch – ein brauner, dicht gemaserter Stock mit einer hammerartigen Steinklinge, die mit grober Kordel daran festgebunden war. Daneben lag ein Fetzen Papier, auf den einige Worte gekritzelt waren. Holmes reichte ihn mir, und ich las ihn voller Entsetzen.

* Nicht nur seine Gesichtszüge, sondern all seine Gliedmaßen waren auf bizarrste Art verdreht und verkrampft
J. H. W.

Das hatte ich erwartet!

Dann deutete Holmes auf einen langen Dorn, der genau über dem Ohr des Toten steckte, und warnte mich davor: er sei vergiftet. Ich zog ihn vorsichtig heraus, und nur ein Tröpfchen Blut zeigte, wo er eingedrungen war. Ich bemerkte, das Ganze sei ein unlösbares Rätsel für mich, doch Holmes widersprach mir schnell - wie ich erwartet hatte - und sagte, der Fall würde sich jeden Moment aufklären.

In diesem Stadium glaubte ich, mir fehlten nur noch ein paar Kleinigkeiten, um den Fall komplett zu haben.

In diesem Moment rief Thaddeus laut, der Schatz, den sie durch das Loch in der Decke herabgelassen hätten, sei verschwunden. Er sei wohl der letzte, der seinen Bruder lebend gesehen hatte, und die Polizei würde ihn sicher verdächtigen. Dann flehte er uns an, ihm zu helfen. Er wedelte mit den Armen und stampfte mit den Füßen auf, aber Holmes beruhigte ihn, meinte, er habe nichts zu fürchten, und wies ihn an, zur Wache zu fahren und die Sache zur Anzeige zu bringen. Wir würden auf ihn warten, sagte Holmes, als der kleine Mann gehorchte und halbbetäubt die Stufen hinab in die Finsternis hinausstolperte.

Bartholomew Sholto

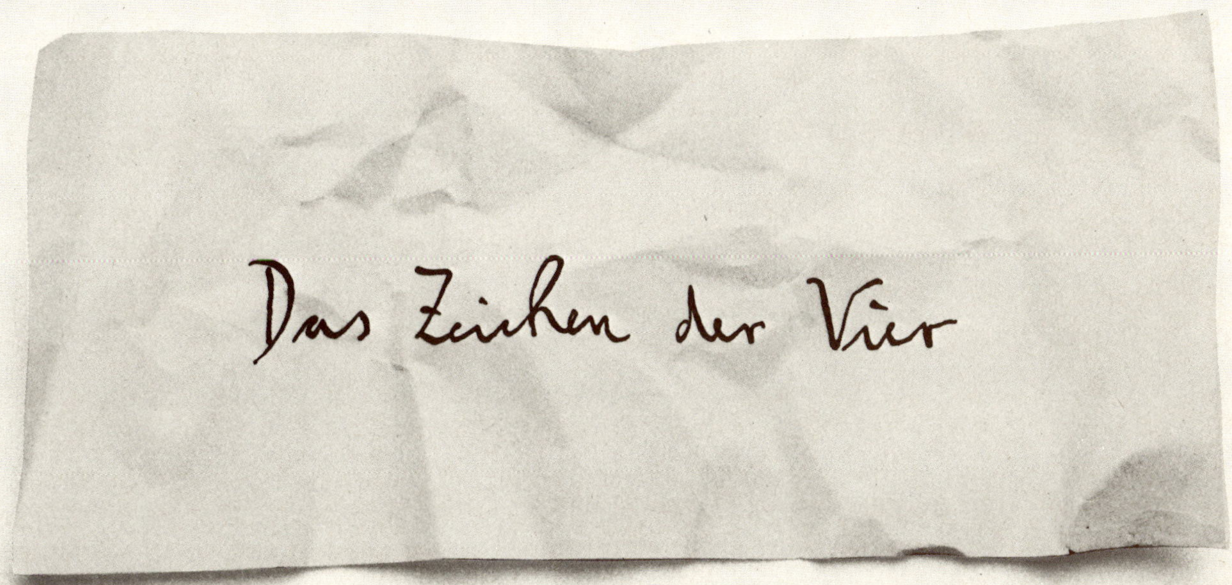

Bei Bartholomew Sholto
gefundener Zettel.
J. H. W

Dienstag, 18. September, Forts.

Als Thaddeus Sholto zur Polizei gegangen war, rieb sich Holmes die Hände und meinte, wir sollten die halbe Stunde nutzen, die wir für uns hätten. Ich protestierte, als er den Fall "simpel" nannte, aber er benahm sich wie ein Oberlehrer und befahl mir, mich in die Ecke zu setzen, damit ich die Fußspuren nicht verwische.

Holmes machte eine Reihe Beobachtungen, die er sich notierte. Türe und Fenster waren von innen verschlossen. Die Wand unterhalb des Fensters war unmöglich zu erklimmen. Und doch war ein Stiefelabdruck auf dem Fensterbrett, zusammen mit einem kreisförmigen, lehmigen Abdruck, der auch auf dem Fußboden des Zimmers vorkam. Wie die Mauer denn erklettert worden sei, fragte ich? Holmes deutete auf ein paar Blutspuren an dem Seil, das wir gesehen hatten, und auf einen starken Haken neben dem Fenster. Ich fragte, ob ein Komplize dazugehöre, und wenn ja, wie er hereingekommen sei? Holmes ewiderte, ich solle es eben selbst herausfinden.

Sie zeigten, daß es sich nicht um einen professionellen Seemann handelte.

Bedenken Sie mein Rezept: Wenn man Alles unmögliche eliminiert hat, muß das, was übrig bleibt, so unwahrscheinlich es auch sein mag, die Wahrheit sein.

Da erinnerte ich mich an das Loch in der Decke. Holmes war so freundlich, mir zu gratulieren, und wir kletterten in die Kammer hinauf, wo man den Schatz gefunden hatte. Sie maß zehn mal sechs Fuß; auf dem Boden lagen Balken, dazwischen Putz und Leisten. Der Boden war dick mit Staub bedeckt. Holmes fand eine Luke in der schrägen Wand, die auf das Dach hinausführte. Als wir die Lampe senkten, verblüffte uns beide, daß der Boden überall mit den Abdrücken eines nackten Fußes bedeckt war - deutlich gezeichnet und perfekt geformt, aber kaum halb so groß wie der eines normalen Mannes. Ich dachte, ein Kind hätte die grausame Tat begangen, und sogar Holmes mußte zugeben, daß er einen Moment lang verwundert war, aber dann gewann er

Der Mordgehilfe hat für die Verbrechensannalen dieses Landes Neuland betreten, aber man vergleiche Indien und Senegambien.

seine Fassung zurück. Als ich ihn nach seiner Theorie fragte, meinte er ungeduldig, ich solle mich selbst ein bißchen an der Analyse versuchen - aber ich kam auf nichts, was zu den Fakten gepaßt hätte.

Wir stiegen wieder in Bartholomews Zimmer hinab, wo Holmes sich hurtig mit Lupe und Maßband auf die Knie niederließ und - seine lange Nase nur wenige Fingerbreit über den Dielen - maß, verglich und untersuchte. Endlich ließ er einen Freudenschrei hören und zeigte mir den Umriß des kleinen Fußabdrucks neben dem ausgelaufenen Kreosot aus der gesprungenen Korbflasche. Er sagte, er kenne den Hund, der diesem Geruch bis ans Ende der Welt folgen würde.

Was für einen schrecklichen Verbrecher er doch abgegeben hätt! J. H. W

Als wir die Polizei unten ankommen hörten, tasteten wir, bevor sie hereinkamen, schnell die Leiche ab. Die Muskeln waren bretthart. Diese extreme Kontraktion und das verzerrte Grinsen ließ eine strychnin-ähnliche Substanz vermuten, die Starrkrampf hervorrufen würde. Holmes stimmte mir zu und zeigte mir den Dorn. Er war lang, scharf und schwarz und glänzte an der Spitze, als ob eine gummiartige Substanz darauf getrocknet sei. Es sei kein englischer Dorn, meinte Holmes, und ich solle den Winkel beachten, in dem der Dorn in den Körper eingedrungen sei.

Risus sardonicus – das Hippokratische Lächeln.

Notizen in Pondicherry Lodge.

Zugang zum Zimmer des Opfers

A. Tür von innen verschlossen, seit der vergangenen Nacht nicht geöffnet.

B. Fenster von innen verriegelt, Rahmen massiv, keine Angeln an der Seite.

C. Mauern – 60 Fuß vom Erdboden, kein Halt für den Fuß, keine Fugen, kein Regenrohr in der Nähe, Dach vom Fenster aus nicht erreichbar.

D. Kamin – zu geringer Querschnitt.

E. Loch in der Decke. Gibt es einen Zugang zum Dach?

Beobachtung – Abdruck eines Stiefels mit breiter Metallferse am Fensterrahmen, vom Nachtregen feucht. Erdiger Kreis auf Fensterbrett und Boden. Das ist der Abdruck einer Holzprothese.

Folgerung – Daher ist jemand durchs Fenster gekommen. Man beachte Seil und Haken. Ein Komplize muß das Seil herabgelassen haben, um das Holzbein hereinzulassen, und es nach seinem Verschwinden wieder heraufgezogen haben. Der Komplize muß durch das Loch in der Decke gekommen sein.

Beobachtungen – Das Loch führt zu einer Kammer, in der der Schatz gefunden wurde. Eine Luke in der Kammer führt aufs Dach hinaus. In der staubigen Kammer finden sich kindergroße Fußabdrücke. Dieselben Fußspuren finden sich im Kreosot auf dem Boden des Hauptgemaches. Die Wunde des Opfers läßt vermuten, daß die Pfeilspitze vom Loch in der Decke aus abgeschossen wurde.

S. H.

Die Ankunft der Armee,
– Zeit für die Hilfstruppen,
den Rückzug anzutreten.

Mr. Athelney Jones

Der Detektiv war ein massiger Mann im grauen Anzug, der, rotgesichtig, plethorisch und mit zwinkernden Augen in einem aufgedunsenen Gesicht mit Hamsterbäckchen, ins Zimmer stapfte. Ihm folgten ein Inspektor und Thaddeus Sholto, der immer noch zitterte. Jones erinnerte sich an Holmes' Rolle im Juwelenfall von Bishopsgate, sagte ihm, diesmal sei kein Platz für seine Theorien und ratterte seine eigenen Ansichten herunter, während er sich umsah.

Zunächst nahm er an, Bartholomew sei allein an einem Anfall gestorben; dann erinnerte er sich an den Schatz und beschuldigte Thaddeus, ihn durch die Tür fortgeschleppt zu haben. Er ignorierte Holmes' hilfreiche Bemerkungen, erriet schließlich, daß der Mörder durch Loch und Luke entkommen war, und verhaftete Thaddeus trotzdem. Holmes erbot sich, dem Detektiv eine Beschreibung und den Namen eines der beiden Leute zu geben, die in dem Raum gewesen waren, aber Jones entließ ihn mit einer spöttischen Bemerkung, obwohl ich sehen konnte, daß er beeindruckt war von Holmes' präziser Vorgehensweise.

Ich lasse mir lieber
von Toby helfen als
von allen Detektiven
Londons zusammen!

Als Jones daranging, die anderen zu verhören, schlug Holmes vor, ich solle Miss Morstan nach Lower Camberwell zurückbringen, einen Hund namens Toby vom Vogelausstopfer Sherman in Lambeth abholen und ihn wieder in Pondicherry Lodge treffen. Nun, da ich soweit mitgekommen war, wollte ich wissen, wie die Sache ausging. Es schlug ein Uhr, als ich das Haus verließ. Holmes war entschlossen, den Fall allein zu lösen und Jones seine eigenen Kuckuckseier ausbrüten zu lassen.

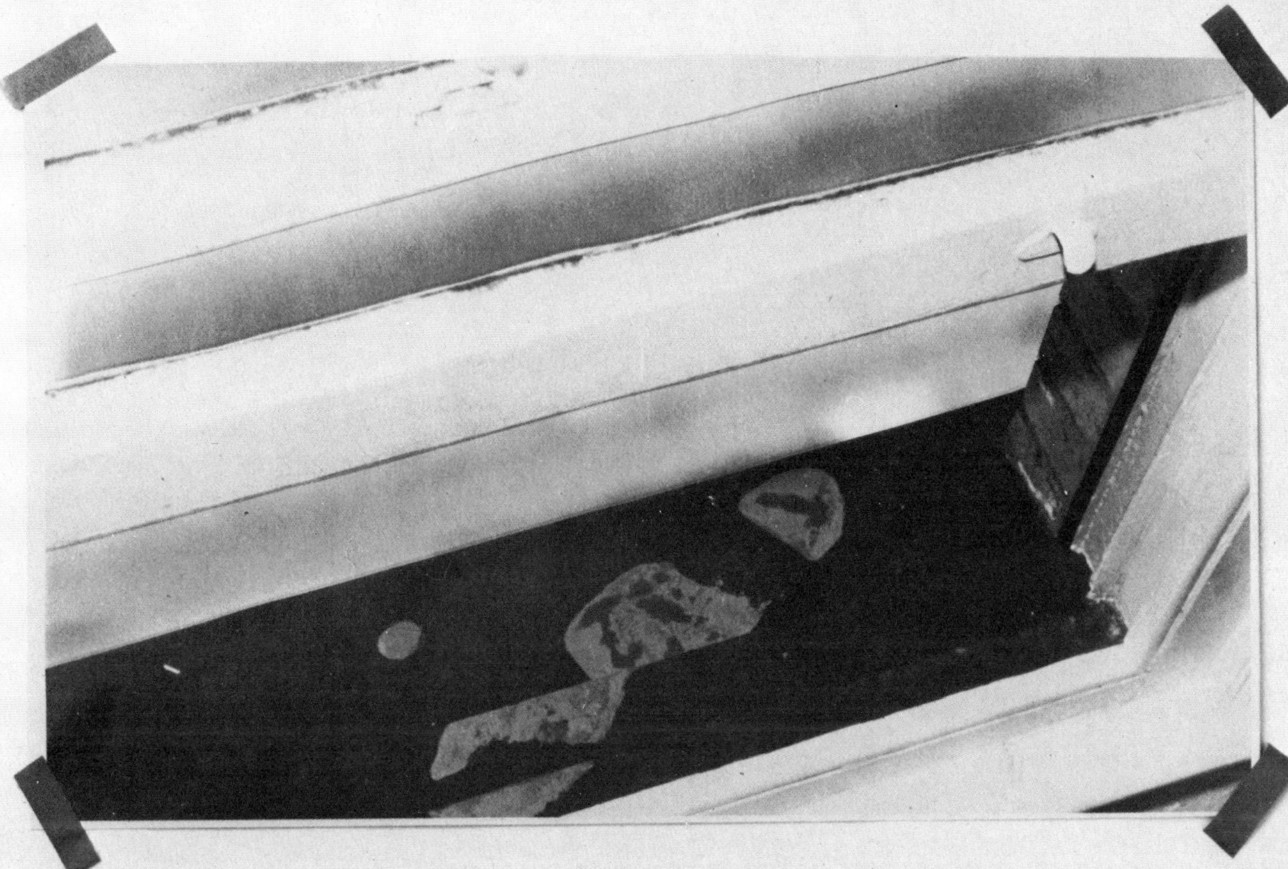

Fußspuren am Fenstersims

[illegible] No. 6.

pecial Report

Metropolitan Police.

[illegible]

18. September 18 88

Tod an M. Bartholomew Sholto in Pondicherry Lodge, Upper Norwood, in der Nacht vom 17. zum 18. September

Ich befand mich auf der Polizeiwache Norwood, als Mr. Thaddeus Sholto hereinkam, um den Tod seines Bruders, Mr. Bartholomew Sholto, zu melden. Ich begab mich direkt nach Pondicherry Lodge, wo ich das Haus so voll vorfand wie einen Taubenschlag. Mr. Holmes & Dr. Watson schnüffelten mit ihren gewöhnlichen, haarspalterischen Theorien umher. Holmes ist der typische Theoretiker, dem es einmal zufällig gelungen ist, die Polizei im Fall der Bishopsgater Juwelen auf die richtige Spur zu bringen. Aber hier gibt es reichlich unerschütterliche Tatsachen und keinen Platz für Theorien, obwohl Holmes versuchte, mich mit einigen irrelevanten Bemerkungen von der Spur abzubringen.

Die Fußspuren auf dem Fensterbrett interessierten mich nicht, da das Fenster von innen verschlossen war. Auch die Tür war von innen verschlossen gewesen, aber angeblich fehlte irgendein Schatz. Thaddeus Sholto ist der letzte gewesen, der seinen Bruder lebend gesehen hat, und muß den Schatz selbst entwendet haben. Holmes meinte ironisch, der Tote sei wohl aufgestanden und hätte die Tür hinter seinem Bruder verschlossen, aber ich bemerkte sofort, daß der Bruder durch ein Loch in der Decke entkommen war,

und daß die seltsamen Gegenstände, die Holmes hervorzog - ein Fetzen Papier, ein Steinwerkzeug und ein Splitter, der sich in der Kopfhaut des Mannes fand -, reiner Hokuspokus waren - Blendwerk. Um meinen Verdacht zu erhärten, kletterte ich durch das Loch und fand eine angelehnte Luke, die aufs Dach führte. Holmes behauptete, sie bereits bemerkt und selbst geöffnet zu haben, aber es war klar, daß der Mörder auf diesem Wege entkommen war.

Mein Fall war praktisch komplett. Thaddeus Sholto wirkte sehr aufgeregt und nicht sonderlich sympathisch. Ich verhaftete ihn als Beteiligten am Mord an seinem Bruder. Er wandte sich an Holmes, der ihm die wertlose Zusicherung gab, er werde den Erbärmlichen von der Anklage entlasten, so daß ich dem hoffnungsvollen Amateur sagen mußte, er solle nicht mehr versprechen, als er halten könne. Statt meinem Rat zu folgen, gab Holmes mir eine angebliche Beschreibung und den Namen des Mannes an, der, wie Holmes meinte, im Haus gewesen sei. Für meinen Geschmack war das alles zu theoretisch und ich ignorierte ihn daher, bemerkte aber, daß sein Freund Watson eifrig mitschrieb. Ein guter Detektiv sollte sich nicht von Hirngespinsten ablenken lassen. Als Holmes davon anfing, er wolle mir auch einen zweiten Mann liefern, wußte ich, daß er wilde Vermutungen von sich gab, um seinen Ruf zu wahren. Ich bin aber von meiner Lösung des Falles völlig überzeugt.

Als ich Thaddeus Sholto verhaftet hatte, entließ ich Watson, um seine Begleiterin, Miss Morstan, nach Hause zu bringen. (Vgl. die Akte über den 1878 vermißten Capt. Morstan.) Ich setzte meine Verhöre der Haushaltsmitglieder fort und stellte weitere Verhaftungen an, von denen ich noch berichten werde.

Athelney Jones
Detektiv

Mittwoch, den 19. September 1888

Obwohl ich die vorigen Eintragungen in meinem Notizbuch mit Dienstag und diese mit Mittwoch datiert habe, ging der erste Tag bruchlos in den zweiten über. Es war ein Uhr morgens, als ich mit Miss Morstan Pondicherry Lodge verließ, und es ging auf zwei Uhr zu, als wir Mrs. Cecil Forresters Haus in Lower Camberwell erreichten.*

In der engelsgleichen Art der Frauen hatte Miss Morstan den Kummer ruhig ertragen, solange eine schwächere als sie da war, der sie zur Seite stehen mußte, und ich hatte sie heiter und gefaßt bei der verstörten Haushälterin gefunden, als wir abfuhren. Im Wagen aber erbleichte sie und brach in Tränen aus - so sehr hatten ihr die Ereignisse der Nacht zugesetzt. Meine ganze Zuneigung und Liebe wandten sich ihr zu, wie zuvor im Garten meine Hand. Ich spürte, daß die Jahre eines beschaulichen Lebens mich nicht so viel über ihre empfindsame, tapfere Natur hätten lehren können wie dieser eine Tag voll aufregender Erlebnisse. Doch zwei Gedanken versiegelten die liebevollen Worte auf meinen Lippen. Sie war schwach und hilflos, erschüttert und enerviert. Ihr in solch einem Moment meine Liebe anzutragen, hätte bedeutet, sie zu überrumpeln. Schlimmer noch: Sie war reich. Wenn Holmes Ermittlungen Erfolg haben würden, wäre sie eine vermögende Erbin. Wäre es fair, wäre es ehrenhaft, wenn ein schlechtbezahlter Chirurg das Vertrauen ausnutzte, das sich zufällig ergeben hatte? Würde sie mich nicht bloß für einen gemeinen Mitgiftjäger halten? Ich konnte das Risiko nicht eingehen, daß sie auf solche Gedanken käme. Der Schatz der Agra stand wie ein unüberwindliches Hindernis zwischen uns.

Mrs. Forrester war aufgeblieben, um auf uns zu warten - eine ältliche, freundliche Frau, die Miss Morstan zärtlich

* Sie hat mir inzwischen gesagt, daß ich während dieser Fahrt kühl und distanziert wirkte. Von der mühevollen Beherrschung, die ich mir auferlegte, hat sie nicht gemerkt. J.H.W.

umarmte wie eine Freundin statt wie eine bezahlte Bedienstete. Sie drängte mich, zu bleiben, aber ich erklärte ihr die Bedeutung meines Aufbruchs und versprach, von unseren Fortschritten zu berichten. Als der Wagen anrollte, warf ich einen Blick zurück auf die beiden Gestalten in der halbgeöffneten Tür, umstrahlt vom Licht der Halle, das durch die getönten Scheiben drang, auf das Barometer und das schimmernde Treppengeländer. Es tat wohl, auch nur einen flüchtigen Blick auf ein ruhiges englisches Heim zu erhaschen inmitten des wilden, unheimlichen Geschehens, das uns umfangen hielt - einem Labyrinth, in dem ein weniger hervorragender Mann als mein Mitbewohner verzweifelt wäre, bevor er den Schlüssel zum Geheimnis gefunden hätte.

Ich fand die Pinchin Lane am Flußufer in Lambeth und mußte am Haus Nr. 3 kräftig anklopfen, in dessen Fenster ein Wiesel ein junges Kaninchen in den Fängen hielt, bevor jemand aus dem oberen Fenster schaute und unter anderem drohte, dreiundvierzig Hunde auf mich loszulassen,* bis ich den Namen Sherlock Holmes erwähnte. Der Wüterich knallte prompt das Fenster zu und erschien an der Tür, um mich herzlich zu begrüßen. Mr. Sherman war ein schmächtiger alter Mann mit gebeugten Schultern, einem sehnigem Hals und einer dunklen Brille. Als ich eintrat, warnte er mich vor einem beißenden Dachs, einem rotäugigen Wiesel und einer Blindschleichem mit denen er offenbar in traulicher Hausgemeinschaft lebte.

*Fost ist immer pupig, wegen der Kinder, die auch von weit her kommen, um ihn zu ärgern!

Ich fragte nach Toby, und er ging mit der Kerze voran durch seine abseitige Tierfamilie, die er um sich versammelt hatte - Vierbeiner und Vögel und Augen, die im Zwielicht glänzten, als unsere Stimmen ihren Schlummer störten. Toby war im Käfig Nr. 7: eine häßliche, langhaarige,

schlappohrige Kreatur, halb Spaniel und halb Windhund, braunweiß mit einem sehr tollpatschigen, unsicheren Gang. Nach einigem Zögern nahm er ein Stück Zucker von mir, und nachdem er auf diese Weise das Bündnis besiegelt hatte, folgte er mir bereitwillig zur Droschke.

Die Turmuhr hatte gerade dreimal geschlagen, als ich mich wieder in Pondicherry Lodge einfand. Seit meinem Fortgang waren außer Thaddeus noch drei weitere Leute verhaftet* worden, und im Haus befand sich nur noch ein müde blickender Sergeant mit Holmes, der begierig darauf harrte, seine Ermittlungen fortzusetzen. Das Zimmer war so, wie wir es verlassen hatten, bis darauf, daß der Hauptdarsteller mit einem Laken bedeckt worden war. Holmes borgte sich die Blendlaterne vom Sergeanten und hing sie sich um den Hals. Mit dieser Beleuchtung kletterten wir abermals in den Verschlag, wo Holmes meine Aufmerksamkeit auf den Abdruck seines eigenen nackten Fußes und den vorhandenen in Kindergröße lenkte. Ich sah sofort, daß seine Zehen alle dicht beisammen standen, die des anderen Abdrucks aber deutlich voneinander getrennt**. Holmes hätte mir kaum sagen müssen, daß ich das im Gedächtnis behalten sollte, aber er tat es trotzdem. Dann hieß er mich, am Rand des Fensters in der Dachkammer zu riechen. Ein starker Teergeruch*** war zu spüren. Offenbar hatte der Komplize seinen Fuß hierhin gesetzt, als er hinauskletterte. Holmes bat mich, hinabzulaufen, den Hund freizulassen, den ich an ein Tischbein gebunden hatte, und nach Blondin zu suchen.

Als ich auf das Grundstück hinaustrat, kroch Holmes gerade wie ein riesiges Glühwürmchen über das Dach. Er fand mit einiger Mühe den Weg die Regenrinne hinab, nachdem er den losen Ziegeln auf dem Dach gefolgt war. Triumphierend hielt er einen kleinen, aus farbigen Gräsern

* Während Ihrer Abwesenheit hatte Athelney Jones eine immense Geschäftigkeit an den Tag gelegt.

** Das erste, was Sie bemerkt haben, war, wie ich mich erinnere, nur der Größenunterschied.

*** Mir war klar: Wenn sogar Sie es merkten, würde Toby keine Mühe haben.

geflochtenen und mit ein paar billigen Perlen besetzten Beutel in der Hand. In Größe und Form erinnerte er an ein Zigarettenetui. Darin befanden sich ein halbes Dutzend Pfeilspitzen aus dunklem Holz, an einem Ende scharf und am anderen abgerundet - wie die, die Bartholomew Sholto getroffen hatte.

Holmes behauptete, nun, da wir die letzten höllischen Geschosse des Mannes hätten, sei nicht mehr zu befürchten, daß wir bald eins in der eigenen Haut fänden. Er fragte mich, ob ich noch die Kraft hätte für einen Marsch von sechs Meilen. Trotz meines kranken Beines sagte ich ja. Dann hielt er Toby ein mit Kreosot aus dem zerbrochenen Flakon getränktes Taschentuch unter die Nase, und das komische Tier legte den Kopf schräg, wie ein Weinkenner, der das Bouquet eines berühmten Jahrgangs schnuppert. Holmes warf das Taschentuch weit fort, leinte den Bastard an und führte ihn zu der Wassertonne am Fuß der Regenrinne. Toby ließ sofort ein paar hohe, tremolierende Jauler hören und trabte mit der Nase am Boden und dem Schwanz in der Luft in einem Tempo der Spur nach, daß wir kaum Schritt halten konnten.

Ich würde mich lieber einer malaischen Kugel stellen als so etwas.

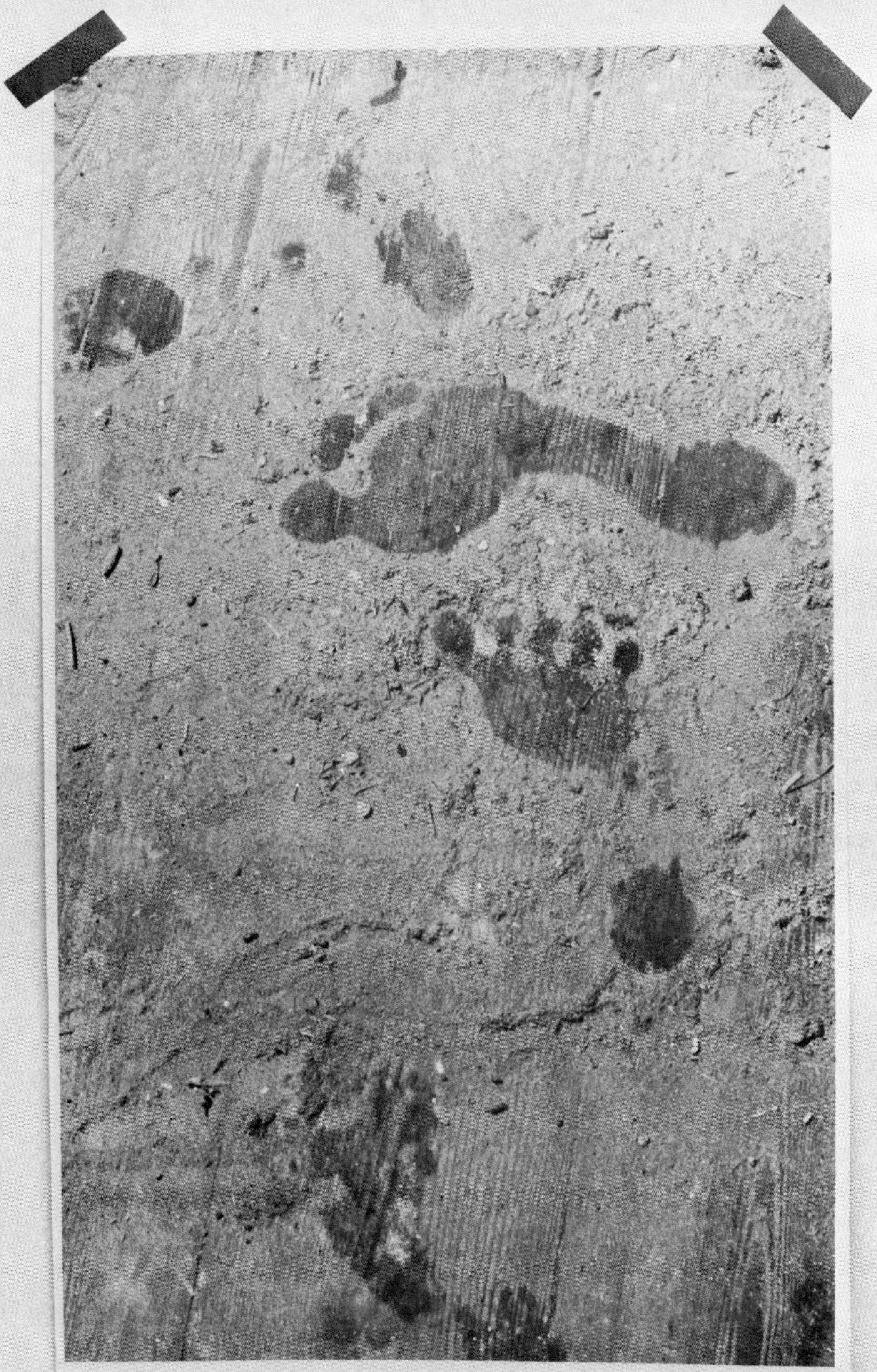

Vergleich der Fußabdrücke

[illegible] No. 6.

Special Report.

Metropolitan Police.

[illegible] 18 [illegible]

Aussagen der Verhafteten im Mordfall Mr. Bartholomew Sholto in Pondicherry Lodge Upper Norwood

Ergänzend zu meinem vorigen Bericht über den Mord an Mr. Bartholomew Sholto und meine schnelle Verhaftung des mutmaßlichen Täters, seines Bruders, steht mittlerweile der gesamte Haushalt unter dem Verdacht der Mittäterschaft, und ich habe unverzüglich alle Beteiligten zwecks weiterer Vernehmung in Arrest genommen. Ich füge kurze Aussagen aller Verdächtigen bei, aus denen deutlich wird, daß ihnen eine beträchtliche Verlogenheit und Umschweifigkeit gemeinsam ist. Die Verhöre werden fortgesetzt, und der Chefinspektor wird morgen früh den erfolgreichen Abschluß dieses unzweideutigen Falles auf seinem Schreibtisch finden.

Mr. Williams

Dieser Mann ist noch nicht vernommen worden. Er steht in Diensten von Mr. Thaddeus Sholto und wohnt bei ihm in Brixton. Williams hat Mr. Sholto am Montagabend nach Pondicherry Lodge begleitet und am Dienstagabend als Mittelsmann zwischen Mr. Sholto und Miss Morstan gewirkt. Er steht unter dringendem Tatverdacht, nicht zuletzt deshalb, weil Mr. Sholto selbst zugegeben hat, daß er "völliges Vertrauen" in die "Diskretion" des Mannes hat.

Mr. Thaddeus Sholto

Es war Montagabend, als ich erfuhr, daß mein Bruder endlich den Schatz entdeckt hatte. Ich benachrichtigte sofort Miss Morstan und fuhr mit Williams nach Pondicherry Lodge, um Bartholomew abermals zu sagen, daß wir nur Nachlaßverwalter seien und den Schatz mit Miss Morstan teilen müßten. Als ich eintraf, war er in seinem Chemielabor. Wir wechselten ein paar Worte über die Angelegenheit, und als ich ihn gegen zehn Uhr verließ, war er zwar wütend, aber durchaus lebendig. Ich sagte ihm, ich würde am Dienstag mit Miss Morstan wiederkommen. Er verschloß die Tür hinter mir. Ich kehrte mit Williams nach Brixton zurück und blieb mit Khitmutgar zuhause, bis Mr. Holmes & Dr. Watson und Miss Morstan eintrafen. Wir unterhielten uns eine Zeitlang und fuhren dann nach Norwood.

Ich gehe davon aus, daß dieser Fall keine geschmacklose Publizität findet. Bartholomew würde das noch weniger schätzen als ich. Es kann durchaus sein, daß er das Unheil selbst über sein Haupt gebracht hat. Er war immer der Lieblingssohn meines Vaters, und daher hatte ich oft vermutet, daß er mehr über den Schatz wußte als ich und aus ebendiesem Grunde das Haus genauso ängstlich bewachte wie unser Vater. Diesmal allerdings scheint er nicht ängstlich genug gewesen zu sein.

Mrs. Bernstone

Haushälterin in Pondicherry Lodge bin ich schon länger, als ich denken kann, und die ganze Zeit bin ich die einzige Frau gewesen, und das ist hart. Ich kann schon sagen, daß da dunkle Sachen vorgingen, aber ich behalte sowas für mich, weil meine Nerven nicht mehr sind, was sie mal waren, und oft habe ich gedacht, jetzt ist es zuviel für mich, das Gartenumgraben und das ganze Zeug.

Mr. Thaddeus, das ist ein Gentleman, wenn auch ein bißchen verschroben. Er besuchte uns Montagabend und muß der allerletzte gewesen sein, der Mr. Bartholomew am Leben gesehen hat, die arme Seele, denn danach hat der sich in seinem Zimmer eingeschlossen und nicht mehr aufgemacht. Den ganzen Dienstag wartete ich darauf, von ihm zu hören, denn er war oft gerne in seinem Chemielabor allein, kam aber gewöhnlich zum Abendessen runter. Die letzten zwei Tage aber hat er seine Zeiten nicht eingehalten. Gerade bevor Mr. Thaddeus und die junge Dame ankamen, spürte ich, daß etwas in der Luft lag, daher ging ich rauf und spinkste durch das Schlüsselloch - nicht aus Gewohheit, wissen Sie, ich machte mir einfach Sorgen. Ich kann Ihnen sagen, ich habe Mr. Bartholomew zehn lange Jahre in Freud und Leid gesehen, aber mit so einem Gesicht noch nie. Ich wäre vor Angst gestorben, das weiß ich gewiß, wenn Mr. Thaddeus und seine Freunde nicht da gewesen wären und mir geholfen hätten.

Sie müssen nicht lange nach dem Schuldigen suchen. Dieser Inder, der in der Dachkammer neben Mr. Bartholomews Zimmer schläft, also dem würde ich nicht für fünf Groschen trauen.

Mr. McMurdo

Ich stehe seit einigen Jahren als Türhüter in Mr. Bartholomew Sholtos Diensten. Am Montagabend kamen Mr. Thaddeus und mein alter Kamerad Williams zu Besuch, und während Mr. Thaddeus oben bei Mr. Bartholomew war, plauderten Williams und ich über die alten Zeiten, als sie noch in der Lodge wohnten. Sie gingen gegen zehn. Am Dienstag blieb der Herr den ganzen Tag auf seinem Zimmer und ich hatte strikte Anweisung, keinen Fremden einzulassen, daher war ich ein bißchen vorsichtig, als Mr. Thaddeus am Dienstagabend mit seinen Genossen ankam, bis ich Mr. Holmes erkannte, an den ich mich erinnerte, weil er vor ein paar Jahren eine kurze Gerade bei mir gelandet hat. Ich sage immer, er hätte bei uns mitmachen sollen. Er bürgt für mich, da können Sie sicher sein.

Lal Rao

Ich bin seit lange Zeit Butler in Pondicherry, auch seit Zeit von Herrn Major. Mrs. Bernstone leidet mich gut, aber sie manchmal komisch. Mr. Bartholomew ist großer Lieber von indische Kunst, und ich bin glücklich, weil sie erinnern mich an Zuhause. Ich weiß absolut garnichts, weil ich schlafe. Sie fragen, schlafte ich neben Mr. Bartholomews Zimmer. Ja, ist wahr. Er ist tot. Ich denke nicht, daß ich noch dort schlafe. Sie fragen, weiß ich von Schatz. Mein Freund, wer weiß nicht von Schatz? Wie weiß ich, was ist die Wirklichkeit von ihre Träume? Ich bin indischer Diener, das ist alles.

Athelney Jones
Detective

Mittwoch, den 19. September, Forts.

Wir überquerten das Grundstück von Pondicherry Lodge mit seinen überall aufgeworfenen Erdhaufen und erreichten die Gartenmauer, an der entlang Toby zu einer Ecke lief, an der mehrere Ziegel locker waren. Holmes bemerkte einen Handabdruck, einen dunklen Blutfleck*, und meinte, was für ein Glück wir doch hätten, daß es seit gestern nicht geregnet habe, denn die Spur sei trotz der achtundzwanzig Stunden Vorsprung noch auf der Straße. Ich dachte bei mir, der Verkehr auf den Straßen Londons hätte den Geruch verwischt, aber Toby schnüffelte der Spur des beizenden Kreosots eifrig nach.

*von der Hand, die das Seil hinabgeglitten war.

Holmes ließ mich wissen, er hätte den Fall auch ohne die Kreosot-Spur lösen können. Er sagte, ohne dieses allzu handgreifliche Indiz hätte er sich vielleicht einigen Ruhm erwerben können; es würde den Fall zwar daran hindern, zu dem hübschen kleinen, intellektuellen Problem zu werden, das er einst zu werden versprach, aber es wäre leichtsinnig, solch einen Zufall nicht auszunutzen. Ich mußte ihm versichern, daß seine Methoden noch eindrucksvoller seien als sonst, denn diese Sache erschiene mir außerordentlich verworren und unerklärlich.

Da lenkte er das Gespräch auf eine rosa Wolke und den roten Rand der Sonnenscheibe, die über die Wolkendecke von London herauskam. Er bemerkte, sie würde auf eine Menge Leute scheinen, aber auf niemanden, so wolle er wetten, der ein seltsameres Anliegen verfolge als wir selbst. Wir sprachen über Jean Paul Richter* und Carlyle, wobei ausgerechnet Holmes meinte, die wahre menschliche Größe liege darin, seine Kleinheit zu erkennen. Und plötzlich sagte er, er würde unseren Hauptschurken mir überlassen, aber den anderen erschießen, wenn er Schwierigkeiten machen

– wie die rosa Feder eines gigantischen Flamingos.

*Der Hauptbeweis für die menschliche Größe liegt darin, daß der Mensch seine eigene Kleinheit erkennt.

würde. Indessen trottete Toby weiter mit der Nase am Boden und gelegentlich einem eifrigen Winseln, das von einer heißen Spur kündete.

Wir hatten Streatham, Brixton und Camberwell durchquert und befanden uns nun auf der Kennington Lane, nachdem wir alle Seitenstraßen östlich des Kennington-Place durchlaufen hatten. Am Anfang der Kennington Lane hatte unser Wild seinen Zickzack-Weg nach links durch die Bond Street und die Miles Street eingeschlagen. Dort, wo letztere auf den Knight's Place trifft, begann Toby, hin und her zu laufen - ein Abbild der hündischen Unentschlossenheit. Nachdem er sympathieheischend zu uns aufgesehen und Holmes' Unwillen erregt hatte, fand er plötzlich zu Holmes' offensichtlicher Freude eine heißere Spur. Unser Weg führte uns die Nine Elms hinab zum großen Holzlager von Broderick & Nelson unmittelbar hinter der Schenke "White Eagle". Der Hund rannte, außer sich vor Begeisterung, quer über den Hof und sprang mit einem triumphierenden Jaulen auf ein großes Faß, das noch auf dem Karren stand, auf dem man es hergebracht hatte. Mit hechelnder Zunge und glänzenden Augen stand Toby auf dem Faß und blickte uns lobheischend an. Die Dauben des Fasses und die Räder des Karrens waren mit einer schwarzen Flüssigkeit beschmiert, und die ganze Luft war von schwerem Kresosotgeruch getränkt.

Holmes und ich blickten einander ungläubig an und brachen in schallendes Gelächter aus. Ich meinte, Toby hätte anscheinend seine Unfehlbarkeit verloren, aber Holmes verteidigte ihn tapfer und behauptete, Kreosot würde mittlerweile in London so viel benutzt, daß es nicht überrasche, daß der Hund von den vielen Spuren am Knight's Place verwirrt worden sei. Wir kehrten dorthin zurück und Toby machte sich sofort in eine andere Richtung auf. Ich

Dem armen Toby ist nichts vorzuwerfen; er hat instinktgemäß gehandelt.

scherzte, nun würde er wahrscheinlich dorthin eilen, wo das Kreosotfaß hergekommen war, aber Holmes achtete nicht auf mich.

Er blieb auf dem Gehsteig, das Faß war aber die Straße entlang gerollt worden.

Wir folgten ihm über Belmont Place und die Prince's Street bis zum Flußufer. Am Ende der Broad Street führte die Spur direkt bis ans Wasser, in dem ein kleiner Holzsteg stand. Toby führte uns bis auf die äußerste Kante davon, stand winselnd da und schaute auf den schwarzen Strom. Am Ufer stand ein kleines Backsteinhäuschen mit einem Holzschild, auf dem in großen Lettern "Mordecai Smith" stand, und darunter "Bootsvermietung stunden- und tageweise." Offenbar gehörte ein Dampfboot dazu: Ein Haufen Koks lag auf dem Damm.

Wir näherten uns dem Haus, als die Tür aufsprang und ein wohl sechsjähriger Lockenschopf aus dem Haus stürzte, den eine robuste, rotgesichtige Frau mit einem gewaltigen Schwamm in der Hand verfolgte und ihm hinterherbrüllte, er solle zurückkommen und sich waschen lassen, bevor sein Vater nach Hause komme. Zu meinem Erstaunen nannte Holmes den Knaben einen "hübschen kleinen Burschen" und einen "rosigen Racker" und bot ihm erst einen, dann zwei Shilling an, was ihn mit Mrs. Smith ins Gespräch brachte und ihr die Information entlockte, daß Mr. Smith seit gestern morgen mit dem Dampfboot unterwegs sei. Mrs. Smith machte sich Sorgen, weil nicht mehr genug Kohlen im Boot waren, um ihn nach Woolwich und zurück zu bringen. Sie fügte hinzu, ihr hätte der Mann mit dem Holzbein, dem häßlichen Gesicht und dem ausländischen Gehabe sowieso nicht gefallen, der sich seit einiger Zeit ums Haus herumtreibe.

Trotz ihrer Drohungen hielt sie ihn offenbar für einen netten Jungen.

Was nützt ein Dampfboot ohne Kohlen!

Holmes zeigte sich baß erstaunt ob dieser Neuigkeiten. Mrs. Smith bestätigte, dieser "braune, affengesichtige Kerl" habe ihren Mann "gestern nacht" herausgeholt, und

Sie hatte niemanden sonst beim Stelzfuß gehört.

Mr. Smith habe ihn erwartet, denn das Boot stand unter Dampf. Sie hatte seine "dicke, irgendwie neblige" Stimme wiedererkannt. Es sei etwa drei Uhr gewesen, als er ans Fenster klopfte und ihren Mann und den ältesten Sohn, Jim, rief, die beide ohne ein Wort verschwunden waren.

Mit hartnäckiger Raterei entlockte* Holmes Mrs. Smith dann eine Beschreibung des Dampfboots - es war ein ansehnliches, frisch lakkiertes Ding, schwarz mit zwei roten Streifen, einem schwarzen Schornstein mit einem weißen Band, und hieß "Aurora". Holmes dankte ihr sehr beiläufig, als wäre das Ganze unwichtig für ihn. Dann nahmen wir eine Fähre über den Fluß zum Millbank Penitentiary.

Mir war klar, daß wir die "Aurora" flußabwärts verfolgen müßten, aber Holmes meinte, es wäre eine kolossale Aufgabe, allein jeden Kai im Labyrinth der Landeplätze bis Greenwich hinab abzusuchen. Wir sollten die Polizei einschalten, sagte ich, aber Holmes weigerte sich, Athelney Jones vor dem letzten Akt zu benachrichtigen. Dann sollten wir eine Anzeige aufgeben und die Dockarbeiter um Informationen bitten, meinte ich. Das würde unser Wild nur aufschrecken, erwiderte Holmes; sie würden das Land sofort verlassen, wenn sie merkten, daß sie verfolgt würden. Da Holmes so halsstarrig war, fragte ich ihn, was er vorhatte. Mit dem Hund nach Hause fahren, sagte er, frühstücken und ein bißchen schlafen, für den Fall, daß wir abends wieder unterwegs sein müßten. Wir gingen unterwegs in ein Postamt, wo Holmes ein Telegramm an seine Freunde, die Straßenjungen, aufgab, die ihm im Fall Jefferson Hope assistiert hatten. Ich lachte, aber Holmes war es ernst damit.

Es war zwischen acht und neun Uhr, als wir in Baker Street ankamen, und ich war erschöpft von der aufregenden

* Das Wichtigste beim Umgang mit bestimmten Klienten ist, sie nie merken zu lassen, daß ihre Informationen auch nur von geringster Bedeutung sein könnten.

Er ist ja nicht schlecht, aber da wir schon so weit waren, wollte ich lieber allein weiterarbeiten.

Nacht. Der Mord an Bartholomew Sholto kümmerte mich nicht sehr, aber ich war bereit, mein Leben der Wiedererlangung des Schatzes zu widmen, dessen rechtmäßige Besitzerin Miss Morstan war, selbst wenn seine Entdeckung sie mir für immer entrücken würde. Es wäre doch eine kleinliche, selbstsüchtige Zuneigung gewesen, wenn sie schon durch diesen Gedanken ins Wanken zu bringen gewesen wäre. Von einem Bad und einem Kleiderwechsel erfrischt, kam ich in den Salon hinab, wo ich den Frühstückstisch gedeckt fand. Holmes zeigte mir den Standard mit einem Bericht über den Fall, lachte darüber und bot mir Eier mit Speck an. Als ich den Artikel gelesen hatte, bemerkte ich, wir seien selbst mit knapper Not an einer Verhaftung vorbeigekommen, und Holmes stimmte mir, die Kaffeetasse am Mund, lebhaft zu.

Wenn Sie von Berufs wegen begeistert wären, könnten Sie solche Dinge als rein abstrakte Probleme betrachten.

Der energische Jones und der allgegenwärtige Reporter hatten sich die Sache geteilt.

Da klingelte es laut an der Tür. Mrs. Hudson begann zu jammern, und einen Augenblick lang glaubte ich, die Polizei würde uns nun doch noch abholen, aber es waren Holmes' "Baker Street-Irregulars" - ein Dutzend schmutzige, abgerissene, barfüßige Strolche drängte ins Zimmer. Ihr Anführer Wiggins ließ sie sich in einer Reihe aufstellen und meldete sich bei Holmes mit einer überlegenen Würde zur Stelle, die bei einer derart unmanierlichen kleinen Vogelscheuche amüsierte. Holmes befahl ihnen (nicht zum ersten Mal und wahrscheinlich nicht zum letzten), unten zu warten und ihre Anweisungen von Wiggins entgegenzunehmen. Sie sollten beide Flußufer nach der "Aurora" absuchen. Er gab jedem einen Shilling als Anzahlung für einen Tag Arbeit und versprach dem Jungen, der das Boot finden würde, eine Guinee.

Sie kommen überall hin, sehen alles und hören alles.

Ich entsann mich der Tage, da ich selbst ein Hündchen hatte - bevor ich Holmes kennenlernte -, und gab Toby die

Beim Arbeiten fühle ich mich nie müde, aber Untätigkeit erschöpft mich völlig.

Reste unseres Frühstücks, während Holmes, der kein bißchen müde wirkte, seine Pfeife anzündete und über seinen "verzwickten Fall" nachdachte. Unsere Aufgabe sei einfach, sagte er; Männer mit Holzbeinen gäbe es schon nicht viele, aber der andere Mann müsse völlig unverwechselbar sein. Was mit dem anderen Mann sei, fragte ich. Holmes rekapitulierte noch einmal die Fakten - winzige Fußabdrücke, Zehen, die nie in Schuhe gezwängt wurden, nackte Füße, Steinaxt mit Holzgriff, große Beweglichkeit, kleine vergiftete Pfeile. Ich vermutete, es sei einer von den Wilden, die auf der Karte aus Morstans Schreibtisch* erwähnt waren, oder jemand aus Südamerika. Holmes zog einen gewichtigen Wälzer aus dem Bücherregal, den ersten Band eines gerade erschienenen Spezial-Lexikons auf dem jüngsten Stand der Forschung. Er zeigte mir einen Artikel, der mich anders über die Herkunft des Mannes denken ließ.

Ich verstand immer noch nicht ganz, wie unser Schurke an so einen einzigartigen Gefährten geraten war, aber ich war zu müde, um noch weiterzudenken. Holmes spielte mich mit einer leisen, melodiösen Improvisation auf seiner Geige in den Schlaf. Mit dem süßen Antlitz von Miss Morstan vor Augen glitt ich hinüber ins Reich der Träume.

Ich wollte nie ein Geheimnis daraus machen. Sie müssen sich doch selbst eine Meinung gebildet haben.

* Der Hindu hat lange, schmale Füße. Der große Zeh des Sandalen tragenden Mohammedaners ist durch den Riemen deutlich getrennt.

STADT PLAN VON LONDON

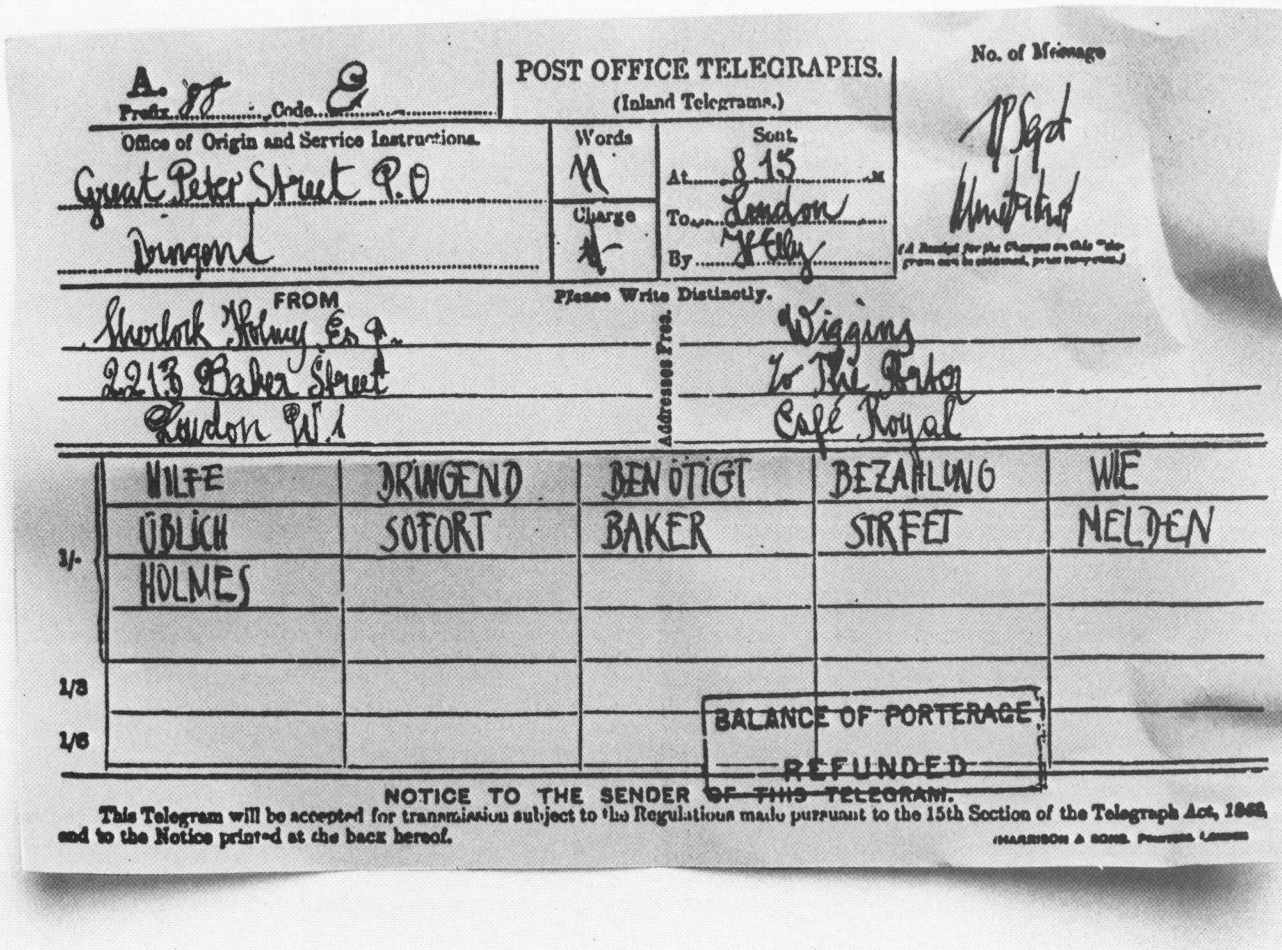

POST OFFICE TELEGRAPHS.
(Inland Telegrams.)

A.
Prefix .... Code ....

No. of Message

Office of Origin and Service Instructions.
Great Peter Street P.O
Dringend

Words
11

Sent.
At 8.15 M
To London

FROM
Sherlock Holmes Esq.
221B Baker Street
London W.1

Please Write Distinctly.

Addresses Free.

Wiggins
To The Porter
Café Royal

HILFE	DRINGEND	BENÖTIGT	BEZAHLUNG	WIE
ÜBLICH	SOFORT	BAKER	STREET	MELDEN
HOLMES				

3/-
1/3
1/6

BALANCE OF PORTERAGE
REFUNDED

NOTICE TO THE SENDER OF THIS TELEGRAM.
This Telegram will be accepted for transmission subject to the Regulations made pursuant to the 15th Section of the Telegraph Act, 1868, and to the Notice printed at the back hereof.

MYSTERIÖSE EREIGNISSE IN UPPER NORWOOD

Gestern abend gegen Mitternacht wurde Mr. Bartholomew Sholto in Pondicherry Lodge, Upper Norwood, tot in seinem Zimmer aufgefunden – unter Umständen, die auf ein Verbrechen hinweisen. Soweit wir erfahren konnten, wurden an Mr. Sholtos Leiche keine Spuren direkter Gewaltanwendung festgestellt, aber eine wertvolle Sammlung indischer Juwelen, die der Verstorbene von seinem Vater geerbt hatte, ist entwendet worden. Der Tote wurde von Mr. Sherlock Holmes und Dr. Watson entdeckt, die mit Mr. Thaddeus Sholto, dem Bruder des Verstorbenen, das Haus besucht hatten. Durch einen außerordentlich glücklichen Zufall hielt sich Mr. Athelney Jones, der bekannte Polizeidetektiv, in der Polizeiwache Norwood auf und war binnen einer halben Stunde nach der Meldung am Tatort. Seine geschulten und erfahrenen Fähigkeiten richteten sich sofort auf die Ermittlung des Verbrechers, mit dem dankenswerten Resultat, daß Mr. Thaddeus Sholto bereits verhaftet worden ist, desgleichen die Haushälterin Mrs. Bernstone, der indische Butler namens Lal Rao und ein Portier oder Türhüter namens McMurdo. Es ist so gut wie sicher, daß der oder die Diebe das Haus gut kannten, denn Mr. Jones' bekannte technische Kenntnisse und seine minutiöse Beobachtungsgabe haben es ihm ermöglicht, lückenlos zu folgern, daß die Übeltäter weder durch die Tür noch durch das Fenster gekommen sind, sondern ihren Weg über das Dach des Gebäudes und durch eine Luke in einen Raum gefunden haben müssen, der an den angrenzt, in dem man die Leiche fand. Dieser Weg, der offenbar sorgfältig ausgekundschaftet wurde, beweist zwingend, daß es sich um keinen Einbruch aufs Geratewohl handelt. Das prompte und energische Vorgehen der Gesetzeshüter zeigt, wie vorteilhaft es ist, wenn bei solchen Vorfällen auch nur ein einziger tatkräftiger und scharfsinniger Mann zur Stelle ist. Wir können nicht umhin zu glauben, daß dies ein Argument für diejenigen sein wird, die unsere Polizei mehr dezentralisieren wollen, um sie so in engeren und effizienteren Kontakt mit den Fällen zu bringen, die aufzuklären sie die Pflicht hat.

Aus: The Evening Standard
Mittwoch, 19. September 1888

Andalusische Eisenbahnen, s. Spanische

Andalusit, ein Mineral, das in fast rechtwinkligen rhombischen Prismen krystallisiert und aus 37 Proz. Kieselsäure und 63 Proz. Thonerde (Al_2SiO_5) besteht. Der A. hat die Härte des Quarzes, das spec. Gewicht 3,1 bis 3,2, zeigt meist trübe grüne, rötliche und graue Farben, ist glasglänzend und selten durchsichtig, meist nur schwach kantendurchscheinend. Vor dem Lötrohre ist er unschmelzbar, auch sind Säuren ohne Wirkung. Man findet ihn hauptsächlich in krystallinischen Schiefern, in Gneis, Glimmerschiefer und Granulit an mehreren Punkten Tirols (Lisenz), Mährens (Goldenstein), Schlesiens, Sachsens (Penig), Bayerns, Andalusiens und Brasiliens. Die durchsichtigen grünen brasil. Varietäten werden bisweilen als Schmucksteine verschliffen. Mikroskopische A. spielen eine große Rolle in den kontaktmetamorphischen Thonschieferhöfen um Granitmassivs, insbesondere in den Hornfelsen in unmittelbarer Nähe des Eruptivgesteins.

Andamánen, Inselgruppe im Bengalischen Meerbusen, 296,8 km im SSW. vom Kap Regrais, der Westspitze von Pegu, 1094,4 km im SSO. von der Hugli-Mündung zwischen 10° 30' und 13° 45' nördl. Br., und zwischen 92° 15' und 93° 15' östl. L., hat 6497 qkm Fläche, ist südlich durch den Zehngradkanal von den Nikobaren (s. d.) getrennt und erscheint mit diesen in geolog. Hinsicht als die Fortsetzung des die Insel Sumatra (s. d.) in ihrer ganzen Länge durchziehenden Barißangebirges. Die Gruppe bestehtaus 4 größern und etwa 50 kleinern Inseln. Von erstern bilden Nord- (1513 qkm), Mittel- (1961 qkm) und Süd-Andaman (1392 qkm) die Gruppe Groß-Andaman, durch die Duncanstraße von Klein-Andaman (954 qkm) geschieden. Die Zahl der Ureinwohner wird auf 2–10000 geschätzt; die Zahl der von der ind. Regierung hierher verschickten Sträflinge betrug 1887 12549; außerdem giebt es hier 652 Mann Polizeitruppen. Groß-Andaman erstreckt sich von 11° 30' bis 13° 35' nördl. Br. in einer Länge von 230 km, die Rutlandinsel an der Südspitze mitgerechnet von 245 km Länge. Längs der ganzen Ostküste läuft ein am Nordrande 800 m hoher Höhenzug hin; 30–45 km von der Westküste erstrecken sich der Schiffahrt gefährliche Korallenbänke. Die schiffbare Andamanstraße im N. und die mittlere Straße im S. scheiden Nord-, Mittel- und Süd-Andaman. Letzteres trennt die breitere, ebenfalls schiffbare Macphersonstraße von Rutland. Namentlich die Ostküste besitzt geräumige und sichere Häfen mit gutem Ankergrunde, wie Port-Cornwallis an der Ostseite von Nord-Andaman und Port-Blair im Südosten von Süd-Andaman. Auf den A. herrscht namentlich an der Küste höhlenreicher Quadersandstein vor. Metalle finden sich nicht. Die Vegetation gehört zu der Hinterindiens. Die ausgedehnten Waldungen hochstämmiger Bäume bieten vortreffliches Nutzholz. Mit Mangroven bestandene Strandgegenden und frisch entholztes Waldland machen das Klima verrufen. Der jährliche Regenfall beträgt 3000 mm. Der Boden ist fruchtbar und bringt Mangos, Kürbisse, Brotfrüchte, Kokos und andere Nutzpflanzen, besonders auch den seit einigen Jahren angebauten Thee hervor. Die Tierwelt ist im ganzen der des benachbarten Festlandes nahe verwandt. Neben einigen Fledermäusen kommen ein Rollmarder (Paradoxursus) und ein Wildschwein, wahrscheinlich die Lokalrasse eines vor langer Zeit eingeführten Schweines, vor. Auch giebt es den Inseln eigentümliche Vögel, Reptilien, Amphibien und Süßwasserfische. Die Andamaner (Minkopie; s. Tafel: Asiatische Völkertypen, Fig. 17, 18), etwa 1,52 m große, aber kräftige, dazu äußerst wilde und grausame Menschen, sind den Papuas auf Neuguinea, den Samang auf der Halbinsel Malaka und den Negritos auf den Philippinen ähnliche, dunkelfarbige und wollhaarige, sog. Australneger. Sie leben in Hüttendörfern, haben Einbäume und Ruder, führen hauptsächlich noch Bogen und Pfeile und nähren sich von Schildkröten, wilden Wurzeln, Früchten, Honig und Fischen. Sie zerfallen in neun Stämme. Die Briten ließen 1789 die A. durch Lieutenant Archibald aufnehmen und gründeten 1789 eine Niederlassung zu Port-Cornwallis, die indes 1796 wieder aufgegeben wurde. Seitdem blieben die Inseln unbeachtet, bis sie 1858 von der brit. Regierung in Besitz genommen und zur Deportationsstätte besonders für die zu langwieriger Strafzeit verurteilten Sipahi (s. d.) bestimmt wurden. Die Sträflinge (darunter viele Frauen) sind bei Port-Blair auf die Inseln Roß und Chatham und auf die Südküste in 12 Stationen verteilt, wo sie zu nützlicher Thätigkeit angehalten werden. Die schlimmsten wurden nach der Viperinsel übergeführt. Durch freie Einwanderung und alte gebesserte Sträflinge haben sich kleine Kolonien gebildet. Die Unkosten der Kolonie, die mit den Nikobaren unter einem Chief Commissioner steht und zu Indien gehört, betragen jährlich ungefähr 1 Mill. Pfd. St. Behufs der Civilisierung der Eingeborenen ist ein sog. Home (Heim) errichtet, wo sich auch schon eine Anzahl derselben niedergelassen hat.

Andelfingen. 1) **Bezirk** im schweiz. Kanton Zürich (s. d.), das Weinland des Kantons, hat (1888) 16790 E. in 24 Gemeinden. – 2) **Groß-Andelfingen**, **Marktflecken**, Hauptort des Bezirks A., links an der Thur und an der Linie Winterthur-Schaffhausen der Schweiz. Nordostbahn, hat (1888) 819 E., darunter 31 Katholiken, Post und Telegraph. Auf einem Hügel, an Stelle der alten Burg, das schöne Schloß des Barons Sulzer von Wart mit reichen Sammlungen alter Glasmalereien. – 3) **Klein-Andelfingen**, Ort bei Groß-Andelfingen, mit diesem durch eine Brücke verbunden, rechts der Thur, mit 1023 evang. E. und Post.

Andelsbuch, Bad im Bregenzerwald (s. d).

Andelys (spr. angd'lih). 1) **Arrondissement** im franz. Depart. Eure in der Normandie, hat 1041,90 qkm, (1891) 58015 E., 117 Gemeinden und zerfällt in die 6 Kantone: A. (190,52 qkm, 11039 E.), Ecos (201,52 qkm, 7848 E.), Etrépagny (172,42 qkm, 8552 E.), Fleury-sur-Andelle (169,20 qkm, 13254 E.), Gisors (164,17 qkm, 10857 E.), Lyons-la-Forêt (144,07 qkm, 6465 E.). – 2) A. (Les Andelys), **Hauptstadt** des Arrondissements A., rechts der Seine, besteht aus Le Grand-Andely und Le Petit-Andely, hat (1891) 3907, als Gemeinde 6040 E., Fabrikation von feinem Tuch, Strumpfwaren, Leinwand, Holzschuhen, besonders auch falschen Perlen aus dem Schuppenbelag der hier in Menge gefangenen Weißfischchen (ablette, s. Ukeley), Gerbereien, Baumwollspinnereien und lebhaften Handel mit Fabrikaten, Getreide und Vieh.

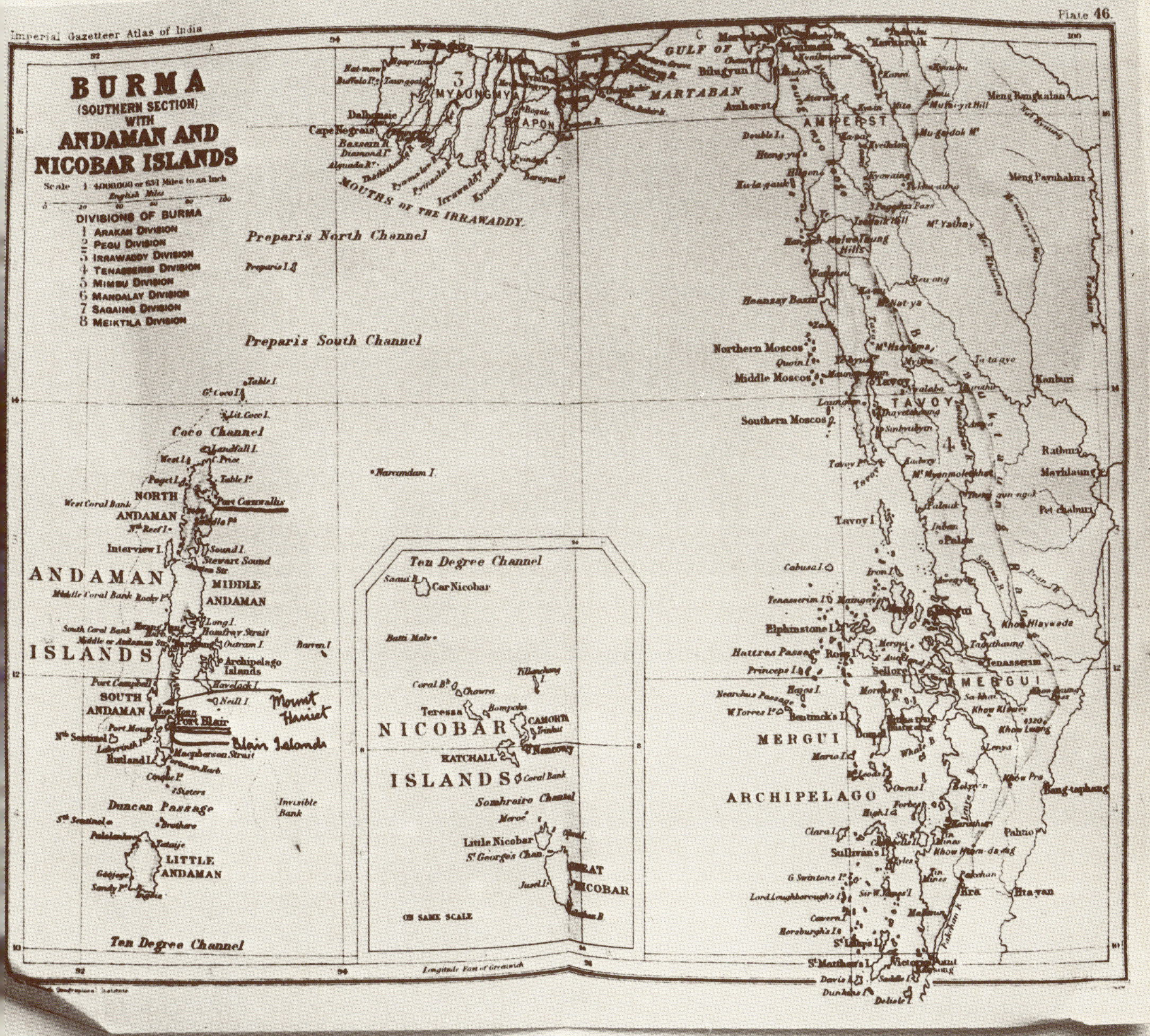
Imperial Gazetteer Atlas of India
Plate 46.
BURMA
(SOUTHERN SECTION)
WITH
ANDAMAN AND
NICOBAR ISLANDS
DIVISIONS OF BURMA
1 ARAKAN DIVISION
2 PEGU DIVISION
3 IRRAWADDY DIVISION
4 TENASSERIM DIVISION
5 MINBU DIVISION
6 MANDALAY DIVISION
7 SAGAING DIVISION
8 MEIKTILA DIVISION
GULF OF
MARTABAN
MYAUNGMYA
PYAPON
AMHERST
MOUTHS OF THE IRRAWADDY
Preparis North Channel
Preparis South Channel
Coco Channel
NORTH
ANDAMAN
ANDAMAN
MIDDLE
ANDAMAN
ISLANDS
SOUTH
ANDAMAN
Port Blair
Mount Harriet
Blair Islands
Macpherson Strait
Duncan Passage
LITTLE
ANDAMAN
Ten Degree Channel
Narcondam I.
Barren I.
Ten Degree Channel
Car Nicobar
NICOBAR
ISLANDS
CAMORTA
Nancowry
KATCHALL
Sombreiro Channel
Little Nicobar
GREAT
NICOBAR
TAVOY
Tavoy I.
Northern Moscos
Middle Moscos
Southern Moscos
Elphinstone I.
Mergui
MERGUI
ARCHIPELAGO
Sullivan's I.
Tenasserim
Kanburi
Ratburi
St. Matthew's I.
Longitude East of Greenwich

Mittwoch, 19. September

Was für eine Nacht! Was für eine Frau! Ihr Antlitz hat weder regelmäßige Züge noch einen schönen Teint, aber ihr Ausdruck ist so lieblich und sanft, und ihre großen Augen sind so einzigartig beseelt und voller Sympathie.

Wenn sie siebzehn Jahre alt war, als ihr Vater verschwand, muß sie jetzt siebenundzwanzig sein – ein herrliches Alter, wenn die Jugend ihre Befangenheit verloren hat und ein wenig durch die Erfahrung geläutert ist. Als sie gestern nachmittag Baker St. verließ, saß ich da und sinnierte, bis so gefährliche Gedanken in mir emporstiegen, daß ich mich eilig an den Schreibtisch setzte und mich eifrig in die neueste pathologische Abhandlung vertiefte. Was bin ich denn: Ein kleiner Bader mit einem schwachen Bein und einem noch schwächeren Bankkonto – wie kann ich an so etwas auch nur denken! Wenn meine Zukunft düster ist, sehe ich ihr besser wie ein Mann entgegen und versuche nicht, sie durch Einflüsterungen der Phantasie zu verbrämen.

Als ich sie das nächste Mal sah, bei der Fahrt zum Lyzeum, hielt mich die Bewunderung gefangen. Sie mußte stärker denn eine Frau gewesen sein, wenn ihr bei dem seltsamen Unterfangen, das wir uns anschickten, nicht unwohl gewesen wäre, und doch wirkte sie vollkommen gefaßt. Ich war derjenige, der sich zum Narren machte, als ich den ganzen Weg bis zum Lyzeum und dann den ganzen Weg bis hinaus nach Brixton unablässig schwafelte.

Und doch – als wir zusammen in der Finsternis auf dem Grundstück von Pondicherry Lodge standen, hat ihre Hand die meine gefunden. Welch seltsam Ding die Liebe doch ist – da standen wir beide, die wir einander noch nie gesehen, noch nie einen zärtlichen Blick getauscht hatten, und doch hielten wir einander in der Stunde des Bösen bei der Hand. Seither wundere ich mich darüber, aber gestern kam es mir nur natürlich vor und ich glaube, auch sie verspürte eine Regung, bei mir Trost und Schutz zu suchen. Da standen wir also Hand in Hand wie zwei Kinder, und Friede war in unseren Herzen trotz all der unheimlichen Dinge um uns herum.

Heute morgen wollte ich gleich, als wir nach Baker St. zurückkamen, zu ihr gehen und sie besuchen, aber nach dem Frühstück bin ich sofort eingeschlafen. Als ich am Nachmittag aufwachte, nahm ich es gern zum Vorwand, Toby, den Hund, nach Lambeth zurückzubringen, so daß ich auch Camberwell besuchen konnte.

Beide Damen warteten gespannt auf meinen Bericht von den Ereignissen der Nacht, und ich muß sagen, daß ich nicht schlecht erzählt habe. Mrs. Forrester griff den Geist meiner Erzählung auf, als sie die Geschehnisse mit einer Romanze verglich: eine entrechtete Dame, ein Schatz und zwei unbekannte Mörder anstelle des üblichen Drachen oder grausamen Edelmannes. Miss Morstan fügte mit einem strahlenden Blick zu mir hinzu, es seien auch zwei fahrende Ritter zu Hilfe geeilt, aber die Aussicht auf den Schatz schien sie nicht zu erfreuen, was mein Herz vor Freude erbeben ließ.

Ich kehrte nach Hause zurück und fand Mrs. Hudson um Holmes besorgt, der unruhig auf und ab ging und ihr Angebot, ihm ein Beruhigungsmittel zu geben, heftig zurückgewiesen hatte.

Donnerstag, 20. September

Blieb fast den ganzen Vor- und Nachmittag in Baker St., fühlte mich ohne Neuigkeiten fast so deprimiert wie Holmes. Machte mich nachmittags nach Charing Cross Baths auf und sagte Mrs. Hudson und Holmes, ich würde auf dem Rückweg im Holborn essen, ging aber geradewegs nach Camberwell.

Freitag, 21. September

Nicht genug damit, daß er mich mit dem Lärm und dem Gestank seiner Experimente vom Schlaf abhielt, weckte mich Holmes bei Anbruch der Dämmerung und sagte mir, er würde ausgehen. Er hätte mir doch einen Zettel hinlegen können! Auf seine Bitte blieb ich den ganzen Tag in Baker St., was mir sehr schwer fiel – mich so eingeschlossen zu fühlen, wo meine Gedanken am anderen Flußufer weilen. Mrs. Hudson hat mir einen Imbiß hingestellt, und ich frage mich, ob Holmes rechtzeitig zum Dinner zurückkommt.

Mittwoch bis Freitag, den 19.-21. September 1888

Erfrischt wachte ich am Spätnachmittag auf, um zu vernehmen, daß Wiggins noch keine Spur der Barkasse gefunden* hatte.* Holmes meinte, wir könnten nichts tun, außer zu warten, und bat mich, Toby mit einem halben Sovereign dem alten Ausstopfer in der Pinchin Lane zurückzubringen. Gleich darauf lief ich nach Camberwell hinüber, um Mrs. Forrester Bericht abzustatten, weil sie und Mrs. Morstan gern wissen wollten, was passiert war.* Es war schon fast dunkel, als ich nach Hause kam und feststellte, daß Holmes die ganze Zeit in seinem Zimmer auf und ab gegangen und bei jedem Läuten an der Tür aufgeschreckt war. Er wanderte noch die ganze Nacht umher.

* Das stellte mich auf eine harte Probe. Jede Stunde zählte.

* Sag nie zuviel, Frauen darf man nie ganz vertrauen – nicht einmal den besten!

Am Donnerstag beim Frühstück wirkte Holmes blaß und abgezehrt und hatte fiebrig-rote Flecken auf beiden Wangen. Er hatte nicht geschlafen und war bitterlich enttäuscht, daß er die Männer und das Boot und alles weitere kannte, aber immer noch nichts Neues* erfahren hatte. In den meisten Zeitungen standen Berichte über die Tragödie in Norwood, aber keine neuen Details. Ich ging am Abend nach Camberwell, um den Damen von unserem Mißgeschick zu berichten. Bei meiner Rückkehr fand ich den übelgelaunten und schweigsamen Holmes mit irgendeiner abstrusen chemischen Analyse beschäftigt, bei der einige Retorten erhitzt und Dämpfe destilliert wurden. Der Gestank trieb mich aus dem Raum und in mein Schlafzimmer, wo es kaum besser war. Noch weit bis nach Mitternacht war das Klirren der Reagenzgläser zu hören.

* Es war einfach zuviel, durch solch ein lächerliches Hindernis aufgehalten zu werden.

Bei Anbruch der Dämmerung weckte mich Holmes, der sich mit einer Bordjacke und einem groben roten Halstuch als Seemann verkleidet hatte. Er machte sich selbst zum Fluß auf, und ich sollte in Baker Street bleiben für den Fall,

daß sich während seiner Abwesenheit Neues ergäbe. Als ich beim Frühstück den *Standard* aufschlug, fand ich eine neue Nachricht über den Fall und eine Annonce, die offensichtlich von Holmes stammte. Es war ein langer Tag und ich lauerte bei jedem Klopfen und jedem Schritt vor der Tür auf Holmes' Rückkunft. Oft fragte ich mich, ob er mit seinen Überlegungen steckengeblieben war, falls seine Erklärungen zu bizarr waren. Aber ich hatte das Beweismaterial gesehen und seine Deduktionen vernommen. Zwar gab es in der langen Kette seltsamer Umstände manches Glied, doch alles fügte sich ineinander. Wenn er sich irrte, mußte die Wahrheit wirklich verblüffend sein.

Um drei Uhr nachmittags fand sich zu meiner Überraschung Mr. Athelney Jones ein, nicht so barsch und voller gesunden Menschverstandes wie in Upper Norwood, sondern niedergeschlagen, fast um Entschuldigung bittend. Ich bot ihm eine Zigarre und einen Whisky-Soda an. Dann gab er zu, er sehe sich gezwungen, seine Theorie über den Norwood-Fall zu überdenken. Thaddeus Sholto hatte offenbar ein unerschütterliches Alibi. Von der Zeit an, da er das Zimmer seines Bruders verlassen hatte, war er stets mit jemandem zusammen gewesen. Jones fürchtete um seinen Ruf und war gekommen, um Hilfe zu erbitten. Mit gedämpfter und vertraulicher Stimme machte er Holmes Komplimente und sagte, dieser sei wohl nicht leicht zu schlagen, sondern ein Mann, der in fast jeden Fall Licht bringen könne, und der trotz seines unorthodoxen Denkens und seiner schnellen Theorien einen sehr vielversprechenden Beamten abgegeben hätte. Jones hatte am Morgen ein Telegramm von Holmes erhalten, in dem er angewiesen wurde, ihn in Baker Street zu erwarten. Ob Holmes sich geirrt habe, fragte Jones. Gab es eine frische Spur?

Er war gerade dabei, seine frühere Würde wiederherzustellen, als es läutete und wir schwere Schritte die Treppe hinaufkommen hörten, begleitet von einem beträchtlichen Keuchen. Nach mehrmaligem Innehalten erschien ein alter Mann in Seemannskluft und mit einer bis zum Hals zugeknöpften Windjacke in der Tür. Sein Rücken war gebeugt, seine Knie zitterten und sein Atem ging schwer. Er stützte sich auf einen dicken Eichenstock und hatte ein buntes Halstuch um, das zusammen mit einem langen, grauen Backenbart fast das ganze Gesicht bedeckte - bis auf die wachsamen, dunklen Augen, die von buschigen, weißen Augenbrauen überschattet waren. Er sah aus wie ein ehrbarer Marinesoldat, der in die Jahre gekommen und in Armut gefallen war.

Er fragte nach Sherlock Holmes und meinte, er wisse etwas über den Verbleib der "Aurora" und die Männer und den Schatz, hinter denen wir her wären, weigerte sich aber, einem anderen als Holmes davon zu erzählen, und erklärte, er würde seine Zeit nicht damit verschwenden, auf ihn zu warten. Er schlurfte zu Tür, aber Athelney Jones versperrte ihm den Weg. Unter Flüchen und Aufstampfen mit dem Stock und Protesten gegen die üble Behandlung konnten wir ihn dazu bewegen, sich aufs Sofa zu setzen und zu warten, während Jones und ich unser Gespräch wieder aufnahmen.

Nach einem Moment vernahmen wir Holmes' Stimme, die eine Zigarre verlangte - und da saß er neben uns, und von dem alten Mann war keine Spur mehr zu sehen. Holmes war entzückt, daß er uns diesen Streich gespielt hatte, und zeigte uns seine Verkleidung: Perücke, Bart, Augenbrauen und den ganzen Rest. Jones meinte, er hätte einen vortrefflichen Schauspieler abgegeben, denn er hätte den

Ich hielt meine Verkleidung selber für ziemlich gut, aber diesen Test hätte ich ihr nicht zugetraut.

richtigen Armenhaus-Husten und seine schwachen Beine seien zehn Pfund die Woche wert, aber das Glitzern in Holmes' Augen hat er nicht bemerkt.

Holmes erklärte, er habe den ganzen Tag in diesem Aufzug gearbeitet. Er versprach Jones, er hätte bald zwei weitere Männer für ihn, um die beiden freigelassenen Verdächtigen zu ersetzen, und Jones könne den ganzen Ruhm einheimsen, wenn er genauso handele, wie Holmes ihm sagte. Holmes verlangte ein schnelles Polizeiboot - eine Dampfbarkasse - um sieben Uhr abends an den Westminster Stairs und zwei kräftige Männer für den Fall, daß man auf Widerstand treffe. Er bestimmte: Wenn wir den Schatz sicherstellten, dürfe ich die Truhe Miss Morstan bringen, damit sie sie als erste öffnen könne. Jones stimmte widerwillig zu, dieses ungesetzliche Vorgehen zu übersehen, bestand aber darauf, daß der Schatz danach zur offiziellen Untersuchung den Behörden übergeben werden müsse. Dann forderte Holmes ein inoffizielles Verhör mit dem Schurken, wenn er erst einmal gefangen wäre, damit er einige Details erfahren könne, die ihn interessierten. Jones wies darauf hin, es gebe immer noch keinen Beweis für die Existenz des Mannes, den Holmes verdächtigte.

Allmählich kennen mich eine Menge Leute aus unteren Kreisen – insbesondere seit Sie angefangen haben, meine Fälle zu veröffentlichen.

Schließlich bestand Holmes darauf, daß Jones mit uns dinierte, denn unser Abendessen sollte in einer halben Stunde fertig sein. Es gebe Austern und Rebhuhn* und eine kleine Auswahl an Weißweinen, versprach er. Während wir auf das Essen warteten, eilte Jones hinaus, um die von Holmes angeforderte Verstärkung herbeizutelephonieren, und ich konnte mein Tagebuch und mein Notizbuch vervollständigen.

* Meine Vorzüge als Gastgeber haben Sie noch nie erwähnt, Watson!

GEHEIMNISVOLLER MORD IN NORWOOD

Die bizarren Geschehnisse der Dienstagnacht, die zum Tode von Mr. Bartholomew Sholto in Pondicherry Lodge, Upper Norwood, geführt haben, sowie das Verschwinden eines unermeßlichen indischen Juwelenschatzes wurden von unserer energischen Polizei bereits aufgeklärt. Mit seinem üblichen Eifer und schneller Auffassungsgabe hat Mr. Athelney Jones von Scotland Yard den Bruder des Opfers, Mr. Thaddeus Sholto, zusammen mit dem gesamten Hauspersonal des Verstorbenen unter Arrest gestellt.

Mr. Jones vermutet, daß eine Vielzahl indischer Kunstgegenstände, die man im Haus und am Körper des Opfers gefunden hat, mit der Herkunft des Schatzes in Verbindung stehen. Man weiß, daß Mr. Thaddeus Sholto, der in einem mit indischen Luxusartikeln reich geschmückten Haus in Brixton wohnt, sich am Abend von Mr. Sholtos Tod mit dem Verstorbenen um den Schatz gestritten hat.

Mr. Jones ist geradewegs zum Kern des Problems vorgedrungen. Im Interview mit uns gab er dankenswerterweise seiner Meinung Ausdruck, daß »wir nur durch solch reaktionsschnelles Vorgehen die Verbrecher fassen können. Zu viele Theorien und zu viel Zögern«, sagte Mr. Jones, »machen die Polizei zum Gespött der Kriminellen. Nur schnelles Vorgehen ist der sichere Weg zum Erfolg.« Es wurde bekannt, daß Mr. Jones am Schauplatz der Tragödie den Amateurdetektiv Mr. Holmes vorfand, der recht verwirrt war und die Fakten nicht richtig verstand. Mr. Jones konnte ihm ein paar professionelle Tips geben. Die gerichtliche Leichenschau findet am Freitag, dem 21. September, statt.

Aus: The Daily News,
20. September 1888

TRAGÖDIE IN UPPER NORWOOD

Bezüglich der Tragödie von Upper Norwood haben wir Grund zur Annahme, daß der Fall komplizierter und mysteriöser zu werden verspricht, als ursprünglich angenommen. Neues Beweismaterial läßt es fast unmöglich erscheinen, daß Mr. Thaddeus Sholto in irgendeiner Weise mit der Sache zu tun hat. Er und die Haushälterin Mrs. Bernstone wurden dementsprechend gestern abend auf freien Fuß gesetzt. Es wird allerdings vermutet, daß die Polizei Hinweise auf die wirklichen Täter hat, denen Mr. Athelney Jones von Scotland Yard mit all seiner bekannten Tatkraft und Geschicklichkeit nachgeht. Weitere Verhaftungen sind jeden Moment zu erwarten.

Aus: The Evening Standard
Freitag, 21. September 1888

VERMISST – Betreffs Mordecai Smith, Bootsmann, und Sohn Jim, die Smith's Lände am Dienstagmorgen um oder gegen drei Uhr mit dem Dampfboot »Aurora« (schwarz mit zwei roten Streifen, schwarzer Schornstein mit weißem Band) verlassen haben, wird jedem, der Mrs. Smith bei Smith's Lände oder in 221B Baker Street etwas über den Verbleib des besagten Mordecai Smith oder der »Aurora« mitteilen kann, die Summe von 5 Pfund bezahlt.

Aus: The Evening Standard

Freitag, 21. Septemb er 1888

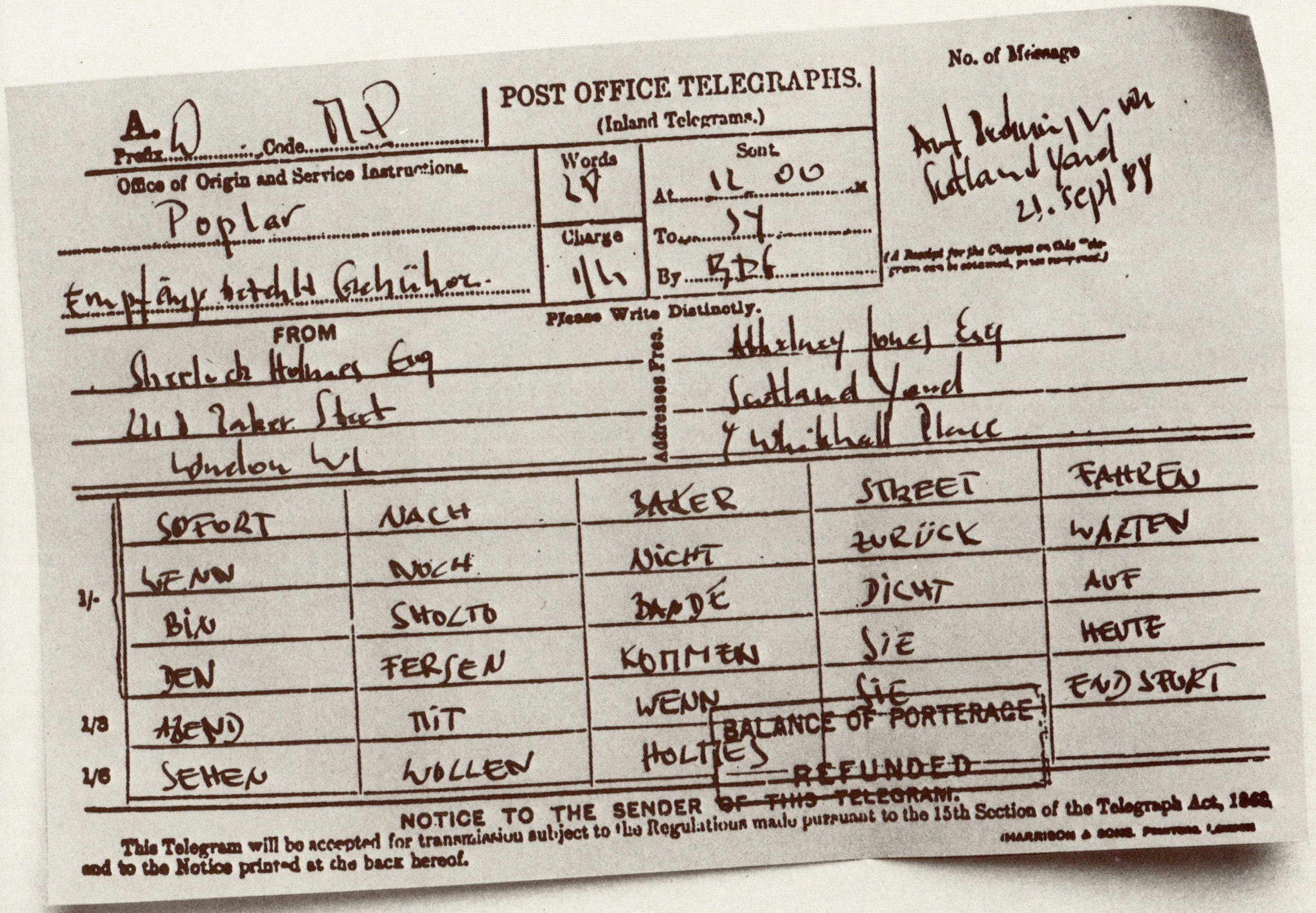

No. of Message

A. Prefix W Code NP

POST OFFICE TELEGRAPHS.
(Inland Telegrams.)

Words	Sent
28	At 12 00 M
Charge	To 17
1/6	By BDF

Auf Bedienung 12 Uhr Scotland Yard 21. Sept 88

(A Receipt for the Charges on this Telegram can be obtained, price one penny.)

Office of Origin and Service Instructions.
Poplar
Empfang bestätigt Gebühr

Please Write Distinctly.

FROM
Sherlock Holmes Esq
221 B Baker Street
London W1

Addresses Pres.
Athelney Jones Esq
Scotland Yard
4 Whitehall Place

	SOFORT	NACH	BAKER	STREET	FAHREN
	WENN	NOCH	NICHT	ZURÜCK	WARTEN
1/-	BIN	SHOLTO	BANDE	DICHT	AUF
	DEN	FERSEN	KOMMEN	SIE	HEUTE
1/3	ABEND	MIT	WENN	SIE	ENDSPURT
1/6	SEHEN	WOLLEN	HOLMES		

BALANCE OF PORTERAGE
REFUNDED

NOTICE TO THE SENDER OF THIS TELEGRAM.
This Telegram will be accepted for transmission subject to the Regulations made pursuant to the 15th Section of the Telegraph Act, 1868, and to the Notice printed at the back hereof.

HARRISON & SONS, PRINTERS, LONDON

Freitag, 21. September, Forts.

Unser Essen verlief recht heiter. Holmes war in einem Zustand nervöser Erregung und sprach brilliant über schnell wechselnde Themen - über Mirakelstücke, mittelalterliche Töpferei, Stradivari-Geigen, den Buddhismus auf Ceylon und die Kriegsschiffe der Zukunft - und behandelte jedes, als hätte er Spezialstudien darüber angestellt. Seine vorzügliche Laune war eine deutliche Reaktion auf die schwere Depression der vergangenen Tage. Sogar Athelney Jones entspannte sich und erwies sich als geselliges Gemüt.* Ich war selbst dadurch beflügelt, daß wir uns dem Ende unserer Aufgabe näherten. Wir stießen mit Portwein auf das Gelingen unserer kleinen Expedition an.

Holmes riet mir, meinen alten Armeerevolver einzustecken, und dann stand um halb sieben die Droschke vor der Tür. Es war kurz nach sieben, als wir das Westminster-Dock erreichten, wo die Barkasse mit zwei stämmigen Polizeibeamten an Bord auf uns wartete. Holmes gab Anweisung, die grüne Polizeilampe abzunehmen, Kurs auf den Tower zu nehmen und gegenüber von Jacobsons Werft anzuhalten. Als wir den Fluß hinabschossen, war ich zuversichtlich, daß wir alles und jeden einholen würden, aber Holmes warnte mich: die "Aurora" sei bekannt als Schnellboot.

Er erläuterte, wie er die vermißte Dampfbarkasse gefunden hatte.* Sie war an keinem Kai oder Pier beobachtet worden. Es sei unwahrscheinlich, daß sie gesunken war. Unser Bursche, so sagte er, besitze ein gewisses Maß an Verschlagenheit, aber wahrscheinlich keinerlei besondere Raffinesse. Meine Vermutung, daß der Übeltäter seine Angelegenheiten doch auch im voraus geregelt haben könne, hielt Holmes für unwahrscheinlich. Er sagte, seiner Meinung nach hätte der Mann Smith gut bezahlt, um das Boot zu

*Er widmete sich dem Mahl mit der Miene eines Bonvivant.

*"Ein Arbeitswechsel ist die beste Erholung." Ich hatte meinen Geist mit ein paar chemischen Analysen erfrischt.

Gewöhnlich das Produkt höherer Bildung.

reservieren, sei dann mit seinem Komplizen für ein paar Nächte untergetaucht, um zu sehen, ob aus den Zeitungen irgendein Verdacht gegen sie hervorging, und wolle sich schließlich wohl in Gravesend oder den Downs nach Amerika oder den Kolonien einschiffen. Was konnten sie inzwischen mit dem Boot tun? Das beste Versteck wäre, hatte Holmes gedacht, bei einer Werft eine kleine Änderung vornehmen zu lassen. Das erschien mir recht einleuchtend. Es sind genau diese einleuchtenden Dinge, die man am ehesten übersieht.

In seiner Verkleidung hatte Holmes die "Aurora" bei der sechzehnten Werft, wo er es versuchte, entdeckt, nämlich bei Jacobsons, wo ein Mann mit Holzbein vor über zwei Tagen die Überprüfung des Ruders in Auftrag gegebene hatte; der Vorarbeiter hatte Holmes jedoch gesagt, mit dem Ruder sei alles in Ordnung gewesen. Während Holmes da war, war der sturzbetrunkene Mordecai Smith erschienen, hatte seinen Namen herausgebrüllt, mit Geld um sich geworfen und verlangt, die "Aurora" solle um Punkt acht Uhr abends fertig sein - für zwei Gentlemen, die nicht warten wollten. Holmes ließ einen seiner Jungen als Wachtposten da, der mit dem Taschentuch winken sollte, wenn die "Aurora" ablegte. Als Jones meinte, Holmes hätte ein paar Polizisten schicken sollen, um die Männer auf Jacobsons Werft zu verhaften oder sich an Smith anzuhängen, sagte Holmes, das hätte sie nur gewarnt, und Smith wüßte wohl nicht, wo sich der Schurke versteckt halte, so daß eine Verfolgung nutzlos gewesen wäre.

Währenddessen waren wir unter den vielen Brücken, die die Themse überspannen,hindurchgeschossen. Als wir die City passierten, vergoldeten die letzen Sonnenstrahlen das Kreuz auf der Kuppel der St. Pauls-Kathedrale. Es dämmerte, bevor wir den Tower erreichten. Holmes zeigte auf Jacobsons Werft mit ihrem Mastenwald am Ufer von Surrey

und gab Anweisung, hinter einer Kette von Lastkähnen verborgen auf- und abzukreuzen, bis wir das Signal erhielten. Er weigerte sich, stromabwärts zu warten, wie Jones es wollte.

Es stand 10:1, daß sie stromabwärts fahren würden, aber wir durften nicht mit Sicherheit annehmen.

Als er die Arbeiter im Licht der Gaslaternen aus der Werft strömen sah, begann er, sich über die "schmuddeligen Burschen" auszulassen. Er nehme an, daß jeder von ihnen seinen kleinen "Funken Unsterblichkeit" in sich habe, aber wenn man sie so ansähe, käme man einfach nicht darauf. Ich freute mich, so meine Gelassenheit bei unserem Abenteuer zeigen zu können, und fügte hinzu, jemand hätte den Menschen "eine im Tier verborgene Seele" genannt. Holmes bemerkte, daß Winwood Reade Lesenswertes zu diesem Thema schreibe - etwa in dem Sinne: man kann nie vorhersagen, was der Einzelne tut, aber stets genau angeben, was der Durchschnitt tun wird.

"Während das Individuum ein unlösbares Rätsel ist, wird es in der Masse zu einer mathematisch feststehenden Größe."

Plötzlich sahen wir das weiße Taschentuch flattern - und da war auch schon die "Aurora", die mit einem gelben Licht wie der Teufel dahinpreschte, nachdem sie ungesehen durch die Werfteinfahrt geschlüpft war und bereits zwei oder drei kleinere Boote überholt hatte, so daß sie beinahe schon unter Volldampf fuhr, als wir sie sahen. Nun flog sie in Ufernähe mit enormer Geschwindigkeit den Strom hinab. Jones bezweifelte, daß wir sie einholen würden, aber Holmes feuerte die Heizer an. Die Kessel fauchten und die kräftigen Maschinen zischten und pulsierten wie ein großes, eisernes Herz. Unser scharfer, steiler Bug teilte die Fluten und eine große, gelbe Lampe am Bug warf ein langes, flackerndes Lichtbündel auf das Wasser. Genau vor uns zeigte ein dunkler Fleck die "Aurora" an, und das weißgeschäumte Kielwasser gab beredte Auskunft über ihr Tempo. Wir rasten an anderen Schiffen vorbei, Stimmen

riefen uns aus der Dunkelheit an. Holmes drängte die Männer, mehr Dampf zu machen. Sogar Jones begann zu glauben, daß wir aufholten, bis wir, um die Kollision mit einem Schlepper und drei Kähnen zu vermeiden, das Ruder scharf herumrissen und zweihundert Yards verloren.

Wir schossen durch den Pool, an den West India-Docks vorbei, den langen Deptforth Reach hinab und wieder hinauf , nachdem wir die Isle of Dogs umrundet hatten. Mit unserem auf die "Aurora" gerichteten Suchscheinwerfer konnten wir einen Mann im Heck erkennen, der etwas Schwarzes zwischen den Knien hielt. Neben ihm lag eine dunkle Masse, die wie ein Neufundländer aussah. Smith schaufelte wie besessen Kohlen in die rote Glut des Kessels und sein Sohn stand am Steuer. Bei Greenwich waren wir noch etwa 300 Längen hinter ihnen. Bei Blackwall können es nicht mehr als 250 gewesen sein. In meiner bunten Laufbahn bin ich in manch einem Land auf so manch eine Kreatur gestoßen, aber nie hatte ich etwas ähnliches erlebt wie diese wahnwitzige, rasende Menschenjagd die Themse hinab. Der Mann im Heck war mit seinen Waffen zugange und blickte ab und zu auf, um die Entfernung zu uns abzuschätzen: Wir kamen immer näher und außerdem in freiere Gewässer, mit Barking Level am einen Ufer und den melancholischen Plumpstead Marshes am anderen.

Jones brüllte der "Aurora" zu, sie sollte stoppen, als wir nur noch vier Bootslängen hinter ihr waren. Der Mann im Heck erhob drohend die Fäuste. Es war ein hochgewachsener, kräftiger Mann, der da breitbeinig auf Deck stand. Ich konnte erkennen, daß er von der rechten Hüfte abwärts nur einen Holzstumpf hatte. Da richtete sich auch das zusammengekauerte Bündel neben ihm auf - und wurde zu dem kleinsten Mann, den ich je gesehen habe, mit einem großen,

ungeschlachten Kopf, einem Büschel verworrener, schmutzstarrender Haare und bis auf das Gesicht, daß von äußerster Bestialität und Grausamkeit zeugte*, ganz in eine Decke gehüllt. Seine kleinen Augen funkelten im düsteren Licht und seine dicken, gefletschten Lippen zeigten seine Zähne, die uns in animalischer Wut angrinsten und beschimpften.

*Das Gesicht reichte für schlaflose Nächte. J.H.W.

Als wir auf eine Bootslänge herangekommen waren, sagte Holmes leise, wir sollten feuern, wenn der kleine Mann seine Hand erhebe. Wir schauten noch, da zog er unter seinem Umhang einen kleinen, runden Holzstab - wie ein Schullineal - hervor und setzte ihn an die Lippen. Gleichzeitig erklangen unsere Pistolen. Er wirbelte herum, warf die Arme empor und fiel mit einem entsetzlichen Laut seitwärts in den Strom. Der Holzbeinige bemächtigte sich des Ruders und die "Aurora" nahm Kurs auf das wilde und verlassene Sumpfufer, und wir immer hinterher. Sie lief auf den Schlick auf, und er sprang ans Ufer, aber sein Holzbein versank sofort gänzlich im matschigen Boden. Vergeblich kämpfte und strampelte er - er kam keinen einzigen Schritt vor noch zurück. Sein Toben und Wüten bohrte den Stumpf nur noch tiefer in das lehmige Ufer. Schließlich mußten wir ihn mit einem Seil herausziehen.

Mit ihm, den beiden Smiths - Vater und Sohn - und einer schweren, indischen Eisentruhe an Bord, die auf dem Deck der "Aurora" gestanden hatte, dampften wir langsam stromaufwärts. Vom Mann, den Holmes erschossen hatte, war nichts mehr zu sehen; aber Holmes wies darauf hin, daß wir kaum schnell genug die Pistolen gezückt hatten, denn genau hinter dem Punkt, wo wir gestanden hatten, steckte einer der mörderischen Pfeile, die wir so gut kannten. Er mußte im Moment des Schusses zwischen uns hindurch geflogen

sein. Holmes lächelte und zuckte die Schultern, aber ich gebe zu, daß mir übel wurde bei dem Gedanken, welch schrecklicher Tod in dieser Nacht so dicht an uns vorübergegangen war.

Unser Gefangener saß in der Kabine gegenüber der Eisentruhe, die, wie wir annahmen, den Schatz enthielt. Es war ein dunkler, kühn blickender Bursche mit einem Netz von Linien und Falten über das ganze, mahagonifarbene Gesicht, das von einem harten Leben an der frischen Luft kündete. Sein bärtiges Kinn stach weit hervor und bezeichnete einen Mann, der nicht leicht von seinem Vorhaben abzubringen war. Er wird um die fünfzig Jahre gewesen sein, denn sein dickes, lockiges Haar war von vielen grauen Strähnen durchzogen. Sein Gesicht war nicht unansehnlich, obwohl die schweren Augenbrauen und das agressive Kinn ihm, wie ich gerade gesehen hatte, einen furchtbaren Ausdruck verliehen, wenn er in Wut geriet. Nun saß er da, die gefesselten Hände im Schoß und den Kopf auf die Brust gesunken, während er mit seinen scharfen, funkelnden Augen die Truhe betrachtete, die der Grund seiner Missetaten war. Mir schien es, als spräche mehr Leid als Wut aus seinen verschlossenen Zügen. Einmal blickte er mich sogar mit so etwas wie Humor in den Augen an.

Holmes zündete sich eine Zigarre an und bot dem Mann einen Schluck aus seiner Flasche an, denn er war völlig durchnäßt. Auch Athelney Jones bat um einen Schluck. Er strotzte vor Eigenlob, bedauerte aber, den anderen Mann nicht gefangen zu haben*, und warf Holmes vor, die Jagd auf Messers Schneide gesetzt zu haben. Smith schätzte, wir hätten die "Aurora" nie eingeholt, wenn ihm noch ein Mann an der Maschine geholfen hätte. Er schwor, nichts von der Norwood-Affäre zu wissen, und Jones sagte, wenn dem so

* Ende gut, Alles gut.

wäre und er nichts Unrechtes getan habe, würde die Polizei dafür sorgen, daß ihm auch nichts Unrechtes geschehe. Jones brüstete sich bereits mit der gelungenen Festnahme, und ich konnte sehen, wie Holmes sich amüsierte.

Wie sagte Jones noch? "Wir sind zwar schnell, wenn es ums Verhaften geht, aber nicht so schnell beim Verurteilen.

Jones hielt sein Wort und brachte mich mitsamt der schweren Eisentruhe an der Vauxhall Bridge an Land, so daß ich sie Miss Morstan zeigen konnte, bevor die Polizei sie übernahm. Er gab sich alle Mühe, mir klarzumachen, was für eine schwere Verantwortung er mit diesem gesetzwidrigen Vorgehen auf sich nehme. Er mahnte mich, vorsichtig zu sein, und bestand darauf, daß ein Inspektor mich in der Droschke begleitete. Unser Häftling hatte den Schlüssel zu der Truhe in den Fluß geworfen, so daß die Polizei nicht an Ort und Stelle ein Inventarverzeichnis aufstellen konnte. Ich hatte Order, den Kasten mit nach Baker Street zu bringen, wo Holmes die Chance bekommen sollte, die Darstellung der Angelegenheit von unserem Gefangenen zu hören, bevor dieser auf die Wache gebracht würde.

Eine viertelstündige Fahrt brachte uns zum Haus von Mrs. Cecil Forrester, wo das Mädchen uns sagte, sie sei ausgegangen, aber Miss Morstan sei da. Ich ergriff den Kasten und ließ den freundlichen, wohlwollenden Inspektor im Wagen. Miss Morstan saß am offenen Fenster, gekleidet in einen Hauch von Kostüm mit kleinen, roten Tupfen am Hals und um die Taille. Sie schien in Melancholie versunken, aber beim Klang meiner Schritte sprang sie auf, und ein leuchtendes Erröten vor Überraschung und Freude färbte ihre blassen Wangen. Sie hatte zunächst gedacht, Mrs. Forrester sei früher zurückgekommen, und fragte mich nun, was ich für Neuigkeiten brächte. Ich zeigte prahlerisch und jovial auf die Kiste und sagte, ich hätte ihr ein Vermögen mitgebracht, das, wenn sie es mit Thaddeus Sholto

teilte, jedem ein paar hunderttausend Pfund übrigließe - oder eine Jahresrente von zehntausend Pfund. Es würde kaum eine reichere junge Dame in England geben.

Sie spürte, daß ich übertrieb, und blickte mich neugierig von der Seite an. Sie meinte, das alles würde sie mir verdanken, und ich erwiderte, der Dank gebühre Holmes. Ich berichtete kurz, was geschehen war, seit wir einander das letzte Mal gesehen hatten. Als ich von dem Pfeil sprach, der uns so knapp verfehlt hatte, wurde sie so blaß, daß ich fürchtete, sie würde ohnmächtig. Schnell lenkte ich das Gespräch auf den Schatz, aber obwohl sie versuchte, Interesse für die hübsche Truhe, eine Schmiedearbeit aus Benares, aufzubringen, schien sie nicht sehr begierig, einen Blick auf den funkelnden Schatz zu werfen.

Mit Mrs. Forresters Schürhaken machte ich mich an den dicken, breiten Verschluß mitten im Bild eines sitzenden Buddha, wobei ich den Schürhaken als Hebel nach außen zog. Mit einem lauten Knacken gab der Verschluß nach. Mit zitternden Fingern klapte ich den Deckel auf. Wir beide starrten völlig verblüfft hinein: Der Kasten war leer. Kein Wunder, daß er schwer war: Die Eisenwand war rundherum zwei Zentimeter dick. Doch der Kasten selbst war völlig und gänzlich leer. Miss Morstan schien der Verlust des Schatzes eher kühl zu lassen, mir aber fiel ein gewaltiger Stein vom Herzen.

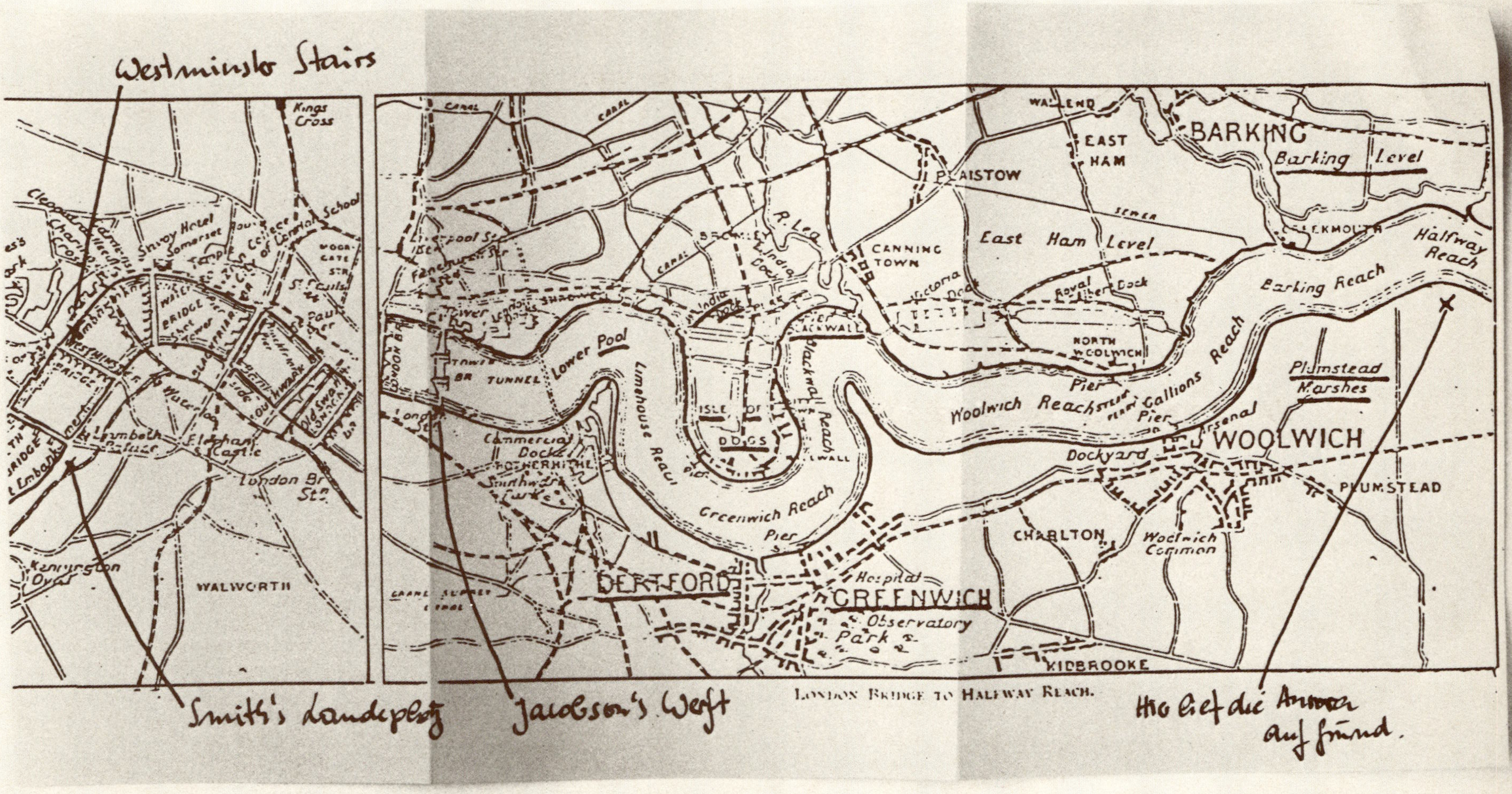

London Bridge to Halfway Reach.

BRASILIEN. Der Klipper »Esmeralda« legt am Samstag, dem 22. September, nach Rio de Janeiro ab. Es sind noch Kabinen frei

DAMPFBOOT. Die bekanntermaßen schnelle »Aurora« ist bei Smith's Lände am Ende der Broad Street, Lambeth, oder nach Belieben der Passagiere zu vermieten. Anfragen an Mordecai Smith.

Aus: The Daily Telegraph
Donnerstag, 13. September, 1888

Freitag, 21. September

Es fällt mir schwer niederzuschreiben, welche Worte und Gefühle Miss Morstan und ich austauschten, als wir entdeckt hatten, daß die Schatztruhe leer war. Die goldene Schranke zwischen uns war verschwunden, und aus vollem Herzen rief ich "Gottseidank!".

Sie fragte mich mit einem flüchtigen, fragenden Lächeln, warum ich das gesagt hätte; ich ergriff ihre Hand und sagte, nun sei sie nicht mehr unerreichbar, nun seien meine Lippen nicht mehr versiegelt und nun könne ich ihr gestehen, wie sehr ich sie liebe. Da flüsterte auch sie "Gottseidank!", und ich zog sie an mein Herz. Wer auch immer einen Schatz verloren haben mochte: Ich wußte, daß ich in dieser Nacht einen gewonnen hatte.

J. H. W.

Freitag, den 21. September, Forts.

Der Inspektor im Wagen war wohl ein geduldiger Mann, dauerte es doch einige Zeit, bis ich wieder zu ihm stieß. Beim Anblick des leeren Kastens umwölkte sich sein Blick und er grummelte etwas von der entgangenen Belohnung. Jones allerdings war ziemlich wütend, als wir in Baker Street ankamen. Er war gerade erst eingetroffen, denn sie waren unterwegs noch auf einer Polizeiwache gewesen. Holmes räkelte sich in einem Sessel, während der Übeltäter, das Holzbein über das gesunde geschlagen, ihm unbewegt gegenüber saß. Er lehnte sich in seinem Sessel zurück und lachte über die leere Kiste. Er habe den Schatz in die Themse geworfen, sagte er, als er bemerkte, daß wir ihn einholen würden.

Jones fragte, warum er denn nicht die ganze Truhe in den Fluß geschmissen hätte, worauf der Mann erwiderte, es wäre dann zu leicht für uns gewesen, sie wieder zu bergen. Jones meinte, es hätte bei der Verhandlung besser für ihn ausgesehen, wenn er der Gerechtigkeit geholfen statt sie vereitelt hätte, aber der Gefangene erklärte, er würde lieber ein Dutzend Mal lebenslänglich absitzen, als das Fleisch und Blut der Sholtos oder Morstans in einem Palast von dem Gelde prassen zu sehen, das er in zwanzig elenden Jahren verdient hätte. Holmes erinnerte den Mann ruhig daran, daß wir bislang noch nichts davon wüßten. Wir hätten seine Geschichte noch nicht vernommen und könnten nicht beurteilen, wieweit das Recht ursprünglich auf seiner Seite gewesen sei. Wenn er reinen Tisch mache, sagte Holmes, könne man ihm vielleicht helfen. Der Mann willigte ein, seine Geschichte zu erzählen.

Es war ein eindrucksvoller Bericht, den ich nach bestem Vermögen festgehalten habe. Sogar Holmes nannte es einen

Vom zweiten Teil seines Berichtes war mir nichts unbekannt bis darauf, daß er sein eigenes Seil mitgebracht hatte.

passenden Aufhänger für einen außerordentlich interessanten Fall. Jones versuchte, sein Erstaunen zu verbergen. Er sagte, er sei schon ziemlich weit gegangen, als er den Geschichtenerzähler in unsere Wohnung brachte, und würde sich wohler fühlen, wenn dieser hinter Schloß und Riegel wäre. Er dankte uns kurz für unsere Hilfe, erinnerte uns daran, daß wir beim Prozeß benötigt würden, und verabschiedete sich.

Als sie gegangen waren, saßen wir eine Weile schweigend in unseren Sesseln und rauchten. Dann erzählte ich Holmes von meinen großen Neuigkeiten. Er ließ ein mißmutiges Knurren hören und sagte, das hätte er schon befürchtet, und gratulieren könne er mir beim besten Willen nicht. Ich war ziemlich getroffen. Ich fragte ihn, ob er an meiner Wahl irgendetwas auszusetzen habe, und er erwiderte, keineswegs - er war aus Prinzip gegen das Vorhaben, aber ich fand seine Gründe überaus wenig einleuchtend.

Sehr höflich wechselte ich das Thema und bemerkte, er sehe müde aus. Er stimmte mir zu und meinte, er werde eine Woche lang so schlaff sein wie ein nasser Sack. Ich brachte noch einmal mein Erstaunen über seine scheinbare Faulheit im Wechsel mit unerhörter Spannkraft zum Ausdruck, und er sagte, er hätte einen ausgezeichneten Nichtsnutz abgegeben, doch ebenso einen recht munteren Burschen*. Ich bemerkte, daß die Verteilung des Nutzens aus unserem Abenteuer mir ziemlich unfair vorkomme: Ich hatte meine Belohnung, was auch immer er davon hielt; Jones würden alle Verhaftungen angerechnet, aber Holmes hatte die ganze Arbeit getan, und was blieb für ihn?

*"Schade, daß die Natur nur einen Menschen aus dir schuf,
Denn zum würdigen Mann war und zum Schelmen der Stoff."
Goethe

NOTIZEN

Notizen zum Dossier

So endete unser Abenteuer und so begann für mich ein anderes Abenteuer. Ich habe mir die Freiheit genommen, neben zwei weiteren Seiten aus meinem Tagebuch auch zwei kleine Erinnerungsstücke meines persönlichen Glücks beizufügen.

Das Geständnis des Gefangenen und einige seiner Papiere habe ich in den versiegelten Teil am Ende dieser Akte gesteckt, dazu auch Holmes' Beschreibung des Verdächtigen, die er Athelney Jones schon Dienstag nacht in Pondicherry Lodge gab (dieser ignorierte sie). Ferner habe ich Holmes' Erläuterung seiner Gedankengänge hinzugesetzt, von denen er mir berichtete, als wir in den frühen Morgenstunden des Mittwochs dem Hunde Toby folgten. Seine Beobachtungen und Deduktionen haben sich als genau zutreffend erwiesen, wie das Geständnis sagt.

J.H.W

Samstag, 22. September

Das waren vier äußerst bemerkenswerte Tage, mit solch einem Wechsel von Untätigkeit und Aktivität, wie ich ihn kaum je erlebt habe – nicht einmal als ich in Afghanistan bei der Armee diente. Mysteriöse Geschichten, Missetaten und eine Nacht hündischer Spurensuche, danach zwei Tage warten und dann die wilde Jagd die Themse hinab, die Festnahme und die plötzliche Freude einer viel herrlicheren "Beute", als ich je zu erhoffen gewagt hätte – alles in vier Tagen! Wäre nicht jener "Schatz", ich müßte mich sicherlich so leer fühlen, wie Holmes nach jedem unserer Abenteuer.

Er hat sich unverzüglich wieder in seine Höhle zurückgezogen. Als ich ihn fragte, was er nun von dem Fall hätte, sagte er: "Mir bleibt immer die Kokain-Flasche." Und dann streckte er seine lange, weiße Hand danach aus. Wir waren wieder da, wo wir erst vier Tage zuvor gestanden hatten, und ich konnte nichts dazu sagen.

Ich finde ihn wirklich höchst launisch und glaube, selbst ohne mein unerwartetes Glück, fände ich es schwierig, weiter mit ihm in Baker St. zu hausen. Als ich Holmes sagte, ich fürchte, dies sei die letzte Untersuchung, bei der ich seine Methoden studieren konnte, weil Miss Morstan mir die Ehre erwiesen habe, mich als zukünftigen Gatten zu akzeptieren, war er alles andere als ermutigend. Ich fragte, ob er einen Grund habe, mit meiner Wahl unzufrieden zu sein, was er verneinte; er gab sogar zu, daß sie eine der bezaubendsten jungen Damen sei, die er je kennen gelernt habe, und sich bei solcher Arbeit, wie wir sie hinter uns hatten, sehr nützlich hätte machen können. Sie habe eine ausgesprochene Begabung, fügte er hinzu: Ich solle mich nur erinnern, wie sie von allen Papieren ihres Vaters allein den Plan von Agra aufbewahrt hatte. Doch kam er zu dem Schluß, daß die Liebe eine Sache des Gefühls und alles Gefühlsmäßige ein Gegner der kühlen Vernunft sei, die ihm mehr gilt als alles andere. Schließlich meinte er, daß er selbst nie heiraten werde, damit seine Urteilskraft nicht darunter leide.

Ich habe mich vor kurzem gefragt, ob Holmes' Depressionen irgendetwas mit seiner Lektüre in letzter Zeit zu tun haben. In den vergangenen vier Tagen hat er mir zweimal Winwood Reades "Martyrdom of Man" empfohlen, das dem Vernehmen noch enorm populär ist. Ich finde es ziemlich schwermütig; es wirft einen düsteren Blick auf den Daseinskampf – und Frauen kommen darin praktisch gar nicht vor. Keine Lektüre nach meinem Geschmack! Ich selbst bin von einem Vorabdruck von Kiplings neuestem Buch gefesselt, den "Plain Tales from the Hills". Wie diese Geschichten die Szenerien und Düfte Indiens wieder in mir erwecken! Außerdem habe ich insgeheim in meinem verräucherten Schlafzimmer einen Blick auf die dieses Jahr herausgekommene, neue Stenographie von Gregg geworfen, der sich brüstet, den alten Pitman zu ersetzen. Ich dachte, nachdem ich vielleicht so eine Art Boswell für Holmes geworden bin, sollte ich eine einfachere Methode lernen, um seine Aktivitäten festzuhalten – aber ob Pitman oder Gregg, ich finde keinen von beiden einfach.

Ich glaube, nach unseren jüngsten Aufregungen sollte ich einen Besuch in den Oxford Music Halls oder vielleicht sogar einen Theaterbesuch erwägen. Ich frage mich, ob ich Mary dazu bringen kann, mit zu Gilbert & Sullivans neuer Show zu kommen:

"Der königliche Wachsoldat". Das hört sich doch vielversprechend an – genau das richtige für einen alten Armeehasen! So viele Dinge, von denen ich nicht weiß, ob sie sie mag! Vielleicht sollte ich wieder einen Hund halten. Die Bewegung würde mir gut tun, insbesondere, wenn ich nicht mehr Holmes hinterherjage – oder den Damen.

Mary Morstan

Mrs. Cecil Forrester
gibt sich die Ehre,

Sherlock Holmes, Esq.

zur Vermählung von
Miss Mary Morstan
und
Dr. John Watson
am
Sonnabend, dem 27. Oktober 1888
in der St. Peter's Church
in Camberwell
einzuladen.

Eine der Perlen, die Miss Morstan geschickt wurden.

Vergifteter Blaspfeil

In Pondicherry Lodge gefundenes
Stück Seil mit Blut.

Stück des kreosot-getränkten
Taschentuches, das Toby bei
der mitternächtlichen Jagd
auf die Spur setzte.

Der Lösung 1. Teil

Materialien:

1. Eine Photographie
2. Ein Zeugnis der britischen Armee
3. Eine Karte von Indien
4. Ein Ausschnitt aus der »Times«, 7. 12. 1857
5. Sträflingsrolle aus Port Blair, April 1867
6. Holmes' Beschreibung des Verdächtigen

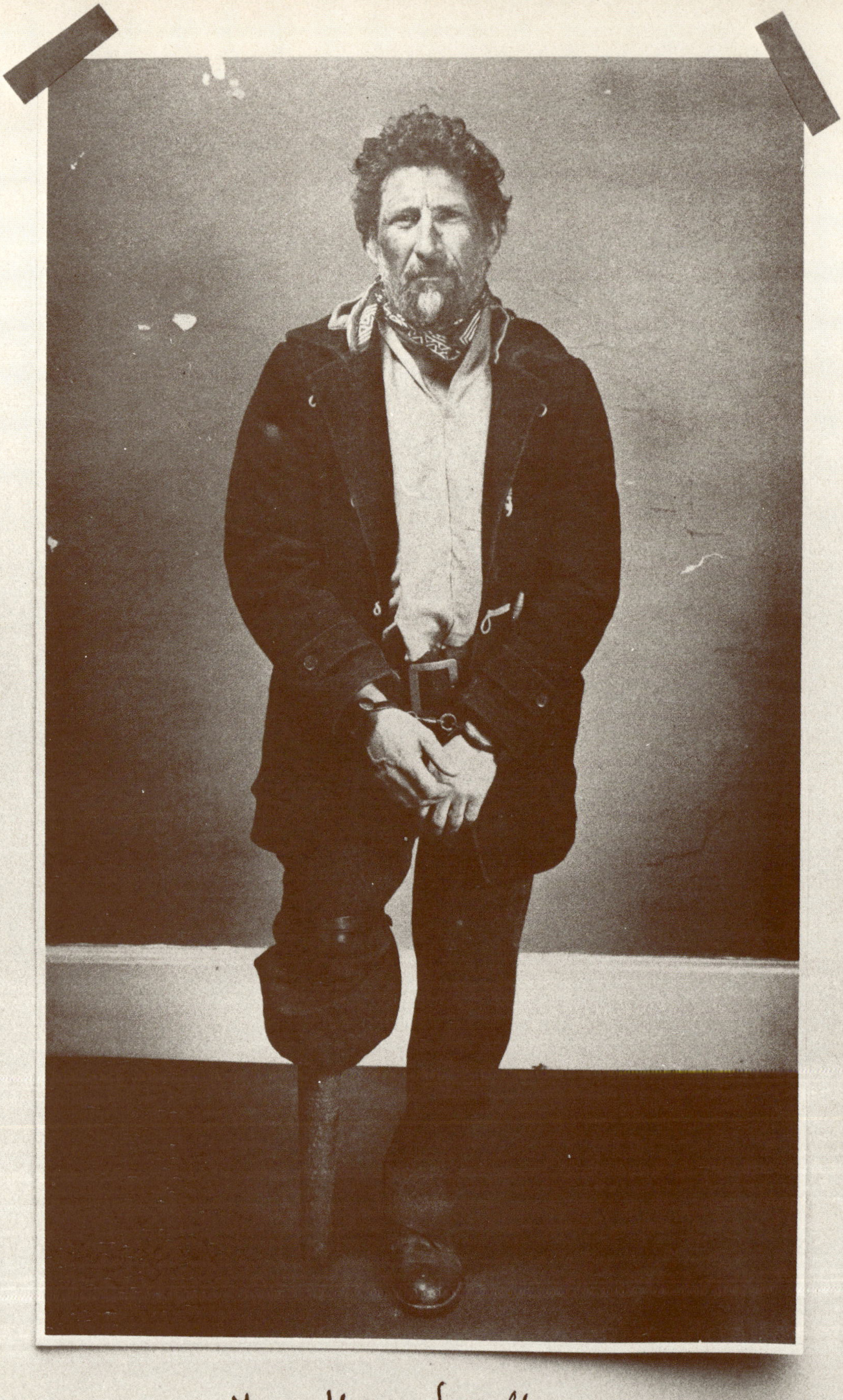

Jonathan Small

FORMBLATT B. 2077

Keine Gebühr

Sollte dieses Dokument verloren oder verlegt werden, kann keine Zweitschrift davon ausgefertigt werden.

Charakterzeugnis zur Entlassung Nr. 1757

(Rang) Gefreiter **(Name)** Johnathan Small

(Regiment) Drittes East Kent Regiment

Wird entlassen wegen körperlicher Untauglichkeit für den weitern Dienst infolge des Verlustes seines rechten Beines.

Seine Führung und sein Charakter in der Armee waren den Akten zufolge:

Befriedigend

Entschlossener Charakter, neigt aber zur Verantwortungslosigkeit

(Ort) Dehli

(Datum) 4. Juli 1856

Unterschrift des diensthabenden Offiziers [Unterschrift] 3 E K R

Personenbeschreibung des Nr. 1757

Alter 19 3/4 Jahre **Größe** 5 Fuss 8 Zoll

Gesichtsfarbe Dunkel **Farbe der Augen** Braun

Haarfarbe Schwarz **Beruf** ohne

Unveränderliche Kennzeichen im Gesicht oder an anderen Körperteilen

Rechtes Bein unmittelbar über dem Knie abgetrennt.

N.B. – Jeder, der dieses Dokument findet, wird gebeten, es im unfrankierten Umschlag an den* Adjutant General, Horse Guard, Pall Mall, London, *zu senden.

Caledonian Stw, Pg. Co. – No. 14 A – 19.5.90 – 1,500.

MILITARY DIVISION
English Miles
AFGHANISTAN
BALUCHISTAN
TIBET
NEPAL
BHUTAN
BURMA
ARABIAN SEA
BAY OF BENGAL
PESHAWAR
RAWAL PINDI
NORTHERN ARMY
LAHORE
QUETTA
MEERUT
MHOW
LUCKNOW
NORTHERN ARMY
SOUTHERN ARMY
POONA
SECUNDERABAD
SOUTHERN ARMY
LHASA
Delhi
Meerut
Ambala
Multan
Karachi
Hyderabad
Nasirabad
Jhansi
Lucknow
Cawnpore
Benares
Allahabad
Ahmadabad
Baroda
Mhow
Jubbulpore
Kamptee
Aurangabad
BOMBAY
Poona
Satara
Belgaum
Secunderabad
Bellary
Bangalore
MADRAS
Calicut
Cannanore
Ootacamund
Wellington
Trichinopoly
Laccadive Islands
CEYLON
CALCUTTA
Barrackpore
Cuttack
Vizianagram
Shillong
Darjeeling
Manipur
Bhamo
Mandalay
Maymyo
Meiktila
Fort Stedman
Thayetmyo
RANGOON
Andaman Islands
Port Blair
Nicobar Islands
NORTHERN ARMY
FRONTIER BRIGADES
1 PESHAWAR
2 RAWAL PINDI
3 LAHORE
7 MEERUT
8 LUCKNOW
SOUTHERN ARMY
BURMA
4 QUETTA
5 MHOW
6 POONA
9 SECUNDERABAD
The Boundaries of Divisions are shown by red lines
Longitude East 88 from Greenwich

Der Indische Aufstand

Die *Gazette* vom vergangenen Freitag bringt eine Reihe Dokumente, deren meiste schon in unseren Spalten erschienen sind. Sie bestehen aus Meldungen der Obersten Heeresleitung in Indien, die offizielle Details der Kampfhandlungen enthalten und teilweise bis zum vergangenen Juli zurückreichen. Als Tatsachenbericht ist diese Ausgabe der *Gazette* überaus interessant. Sie enthält den Bericht des Brigade-Generals Nicholson über den Aufstand in Sealkote, den Bericht Major Eyres aus Jugdispur mit Captain L'Estranges Meldungen und eine offizielle Liste General Wilsons über die Toten und Verwundeten bei der Belagerung von Delhi.

Folgende Meldung von Colonel Greathed wird man mit Interesse lesen, da sie noch nicht vollständig abgedruckt wurde:

(Nr. 41)
Leutnant-General E. Greathed an den Generaladjutanten in Delhi

Camp Agra, 11. Okt.

Sir – ich habe die Ehre, Ihnen zur Information des Kommandostabes mitzuteilen, daß ich aufgrund der dringlichen Briefe aus Agra am 9. um 6 Uhr mit der europäischen Infanterie auf Elefanten und Karren von Hattrass abmarschiert bin und auf dem Paradeplatz der Brigade daselbst um 20 Uhr mein Lager aufschlug. Gestern um 10.30 Uhr wurde mein Lager plötzlich an der Front und rechten Flanke angegriffen. Ich galoppierte zur Front und stellte fest, daß die Artillerie in den Kampf eingriff und das 9. Lancer-Regiment im Sattel saß. Ich rückte mit dem 8. Regiment Seiner Majestät und der 4. Panjab-Infanterie zur rechten Flanke vor, um den Feind aus seiner Stellung zu vertreiben und seine Kanonen zu erobern, die unser Lager beschossen. Unterwegs nahm ich die 1., 2. und 5. Panjab-Kavallerie mit und stellte die Infanterie nebst Nachschub in Gefechtsordnung auf. Ich führte die Kavallerie auf den freien Platz bei den europäischen Infanterie-Baracken und gab den Befehl, den Umständen entsprechend zu taktieren. Mittlerweile war die 9-Pfünder-Batterie von Agra aufgezogen. Ich wies sie als Verstärkung der Infanterie auf der Straße zu, die vom Paradeplatz der Artillerie zur Dolpur-Landstraße führt, und die Sturmtruppen rückten vor und säuberten das Gelände bis zur Front. Die Panjab-Kavallerie unter Leutnant Watson ergriff jetzt die Gelegenheit zu einem überaus kühnen Ausfall, bei dem sie die Sowars des Feindes zurücktrieben und vier Geschütze erbeuteten. Danach leisteten die Rebellen an der rechten Flanke keinen Widerstand mehr, aber links blieb der Kampf heiß, und die Sowars des Feindes rückten sehr entschlossen gegen die Geschütze vor, deren eines durch den Tod des Kanoniers sowie dadurch, daß es sich zeitweilig in Feindeshand befand, außer Kraft gesetzt wurde. Es wurde aber sofort zurückerobert, und die 9. Lancers griffen die Sowars an und schlugen sie aus dem Felde. Ich muß leider melden, daß zwei ausgezeichnete Offiziere, die Leutnants French und Jones, verwundet wurden, ersterer sogar tödlich, und ich fürchte, es besteht kaum Hoffnung auf die Genesung von Leutnant Jones. Währenddessen rückte ich auf der Dolpur-Straße vor, wobei ich Geschütze erbeutete, und die 9. Lancer und Artillerie, unterstützt von der 75. und 2. Panjab-Infanterie, rückten an der linken Flanke vor, wobei sie vier Geschütze erbeuteten. Die ganze Front rückte nun vor, wobei die Panjab-Kavallerie, wie üblich, an den Flanken ausgezeichnete Dienste leistete, bis wir ein Dorf, drei Meilen von hier, erreichten, wo wir kurz innehielten, während sämtliche Feindestruppen in voller Flucht waren. Nun stießen die 3. Europäer zu uns, und Colonel Cotton, der Kommandeur von Agra, übernahm das Oberkommando über die Truppen. Das Lager des Feines wurde in zwei Meilen Entfernung erspäht, und wir marschierten auf der in alle Richtungen mit Bagage und Karren übersäten Straße darauf zu. Die Infanterie erhielt Befehl, am Lager zu halten, und die Kavallerie und Artillerie verfolgten den Feind bis zum Khari Nuddi, zehneinhalb Meilen von Agra. Der Feind hatte den Fluß überquert, bevor wir ihn erreichten, und alle Geschütze zurückgelassen, von denen eine Liste beigefügt ist.

ein entfernter Vetter.
J.H.U

Aus: The Times,
Montag, 7. Dezember 1857

Sträflingsrolle Port Blair

NAME	Herkunftsland und Religion		Verbrechen und Strafe		Ankunft in Port Blair	DERZEITIGE TÄTIGKEIT	Führung
	Land	Rel.	Verbrechen	Strafe			
S. W. Johnson	Amerika	Christ	Fahrlässige Tötung	Lebenslänglich	8. Okt. 1859	Aufseher, Baumwollplantage	Gut
J. Lampard	dito	dito	Totschlag	14 Jahre Deport.	27. Jan. 1862	Glaser, Siedlung	Gut
E. A. D'Cruz	Allahabad	dito	Fälschung	10 J. Dep.	1. Feb. 1862	Schreiber, Verwaltung	Gut
J. Roughton	England	dito	Raub & Flucht	7 J. Dep.	26. März 1862	Bürovorsteher, 1. Division	Gut
C. Budd	London	dito	Verwendung gefälschter Dokumente	10 J. Dep.	8. Okt. 1857	Buchbinder, Verwaltung	Gut
J. Mitchell	Patna	dito	Landfriedensbruch & Mord	Lebenslänglich	26. Okt. 1862	Gerichtsschreiber	Gut
C. Burgess	Kalkutta	dito	Schwere Körperverletzung	7 J. Dep.	26. Okt. 1862	Anstreicher, Siedlung	Gut
W. Fernandez	dito	dito	Diebstahl	7 J. Dep.	26. Okt. 1862	Bürovorsteher, 11. Division	Gut
E. Martin	dito	dito	dito	7 J. Dep.	26. Okt. 1862	Hilfsarbeiter, Mount Harriet	Unauffällig
A. Gubboy	dito	Jude	Ladendiebstahl	7 J. Dep.	29. Okt. 1862	Hafenamt	Unauffällig
H. Gregory	Manila	Christ	Fahrlässige Tötung	14 J. Dep.	8. Nov. 1862	Fischer	Unauffällig
M. Arratoon	Persien	dito	Diebstahl	7 J. Dep.	15. Nov. 1862	Aufseher, 10. Division	Unauffällig
W. Hawkins	Amerika	dito	Einbruchdiebstahl	10 J. Arbeitslager	11. Dez. 1864	dito, 5. Division, Vipern-Inseln	Erst unauffällig, jetzt gut
J. Freeman	London	dito	Totschlag & Mord	12 J. dito	11. Dez. 1864	dito, Kriegsgefangenen-Lager	Gut
W. Douglas	dito	dito	Raub & Flucht	10 J. 3 Mon. Dep.	16. Apr. 1685	dito, dito	Erst unauffällig, jetzt gut
T. Nolan	Irland	dito	Mord und Ausbruch	10 J. Arbeitslager	16. Apr. 1865	dito, dito	Gut
J. Murray	Madras	dito	Gefährliche Körperverletzung	7 J. Dep.	....	Oberaufseher	Gut
G. Scott	Panjab	dito	Fälscherei	6 J. Arbeitslager	13. Juli 1865	Aufseher, 3. Division	Gut
E. Ham	Kalkutta	dito	Hochstapelei & Diebstahl	7 J. 9 Mon. Dep.	13. Juli 1865	Unteraufseher, 5. Division	Gut
N. Facer	England	dito	Aufruhr	12 J. Arbeitslager	29. Okt. 1865	Drucker, Verwaltung	Erst unauffällig, jetzt gut
C. Alexander	dito	dito	Diebstahl	7 J. Dep.	29. Okt. 1865	Sägemühle, Staatsbetrieb	Gut
C. Ross	Schottland	dito	Fälscherei	6 J. Arbeitslager	29. Okt. 1865	Schreiber, Verwaltung	Gut
J. Small	England	dito	Mord	Lebenslänglich	5. Juli 1860	Arzthelfer	Gut
A. Khan	Panjab	Muslim	Mord	dito	5. Juli 1860	Hafenamt	Unauffällig
D. Akhbar	Panjab	Muslim	Mord	dito	5. Juli 1860	Dampfer »Diana«	Gut
M. Singh	Sind	unbek.	Mord	dito	5. Juli 1860	Arbeiter, Siedlung	Gut
J. Brierly	dito	dito	Unzucht	10 J. Dep.	11. Dez. 1865	Lazarett	Unauffällig
R. D'Vaz	Madras	dito	Vertrauensbruch	7 J. Dep.	1. Jan. 1866	Aufseher, 14. Division	Gut
Jhangheer	Bombay	Parse	Verschwörung	7 J. Dep.	16. Mai 1863	Schreiber, Verwaltung	Unauffällig
Narain Sawmy	Madras	Hindu	Diebstahl	7 J. Dep.	4. Mai 1862	dito, Hafenmeisterei	Gut
Chatterjee	Kalkutta	dito	Verwendung gefälschter Dokumente	14 J. Dep.	14. Juni 1864	Schreiber, Verwaltung	Gut
Abkur Zaman	Agra	Muslim	Aufruhr	Lebenslänglich	29. Aug. 1859	Hauptdolmetscher, dito	Gut
Mokerjee	Kalkutta	Hindu	Betrug	7 J. Dep.	14. Juni 1864	Schreiber, Technische Division	Gut
J. Sutton	Amerika	Christ	Schwere Körperverletzung	4 J. Arbeitslager	19. März 1867	Hilfsaufseher, Aberdeen	Gerade eingetroffen: unbekannt
J. Alkena	Amsterdam	dito	dito	6 J. dito	15. Apr. 1867	Schreiner, Marine	dito
Nepaul Tewary	Lucknow	Hindu	Meuterei	Lebenslänglich	6. Apr. 1858	Vorarbeiter, 12. Division	Gut
Cursetjee	Bombay	Parse	Betrug	10 J. Dep.	20. Apr. 1866	Bote, Verwaltung	Gut

NOTIZEN

Holmes' Beschreibung unseres Verdächtigen.

(Wie er sie in der Nacht zum Mittwoch, dem 19. September, Athelney Jones in Pondicherry Lodge gab.)

"Sein Name, so habe ich allen Grund zu vermuten, ist Jonathan Small. Er ist ein kaum gebildeter Mann, klein, behende, sein rechtes Bein fehlt und er trägt eine Holzprothese, die an der Innenseite abgeschabt ist. Sein linker Stiefel hat eine grobe, viereckige Sohle und einen Eisenbeschlag am Absatz. Er ist von mittlerem Alter, sonnenverbrannt und ein ehemaliger Sträfling. Diese paar Hinweise in Verbindung mit der Tatsache, daß an seiner Handfläche ein beträchtliches Stück Haut fehlt, werden Ihnen ein wenig weiterhelfen."

J. H. W.

Der Lösung 2. Teil

1. Holmes' Erläuterung seiner Gedanken, wie er sie J. H. W. in den frühen Stunden des Mittwochmorgen vortrug
2. Das Geständnis

Es war so einfach wie nur etwas.
Ich möchte nichts dramatisieren.
Alles lag klar auf der Hand.

Holmes' Erläuterung seines Gedankengangs

Zwei Offiziere, die eine Sträflings-Kompanie befehligen, erfahren vom Versteck eines vergrabenen Schatzes. Ein Engländer namens Jonathan Small zeichnet eine Karte für sie. Diesen Namen haben wir auf der Karte aus Captain Morstans Besitz gesehen. Er hat sic für sich und seine Komplizen unterzeichnet, mit dem Zeichen der Vier, wie er es - ein wenig dramatisch - genannt hat. Von dieser Karte geleitet, holen die beiden Offiziere - oder einer der beiden - den Schatz; er bringt ihn nach England, wobei er, wie wir annehmen wollen, eine Bedingung, unter der er ihn bekommen hat, nicht erfüllt. Warum aber hat Jonathan Small den Schatz nicht selbst geholt? Die Antwort liegt auf der Hand. Die Karte ist zu einem Zeitpunkt datiert, da Morstan in enge Verbindung mit den Sträflingen trat. Jonathan Small hat den Schatz nicht geholt, weil er und seine Genossen selber Sträflinge waren und nicht entkommen konnten.

Das ist die einzige Hypothese, die zu den Fakten paßt. Mal sehen, wie sie sich zur Fortsetzung fügt. Major Sholto lebt ein paar Jahre in Frieden und ist glücklich mit seinem Schatz. Dann bekommt er einen Brief aus Indien, der ihm einen gewaltigen Schrecken einjagt. Es ist unwahrscheinlich, daß die Männer freigelassen worden sind, denn er wußte, wie lange Strafen sie zu verbüßen hatten. Das hätte ihn nicht überrascht. Wahrscheinlich sind sie entkommen. Was tut er also? Er nimmt sich vor einem Mann mit Holzbein in acht - einem Weißen, wohlgemerkt, denn er verwechselt einen weißen Hausierer mit ihm und feuert sogar eine Pistole auf ihn ab. Nun ist auf der Karte nur der Name eines einzigen Weißen. Die anderen sind Hindus oder Mohammedaner. Daher können wir davon ausgehen, daß der Holzbeinige mit Jonathan Small identisch ist. Kommt Ihnen diese Überlegung unstimmig vor?

Nun wollen wir uns in Jonathan Small hineinversetzen. Er kommt mit dem Plan nach England, an dem Mann Rache zu nehmen, der ihm Unrecht getan hat. Er findet heraus, wo Sholto wohnt, und knüpft vermutlich mit jemandem im Haus Kontakt. Da ist der Butler, Lal Rao, den wir noch nicht gesehen haben. Mrs. Bernstone hält ihn für alles andere als einen guten Charakter. Da erfährt Small plötzlich, daß der Major im Sterben liegt. In der Angst, das Geheimnis des Schatzes werde mit ihm sterben, schleicht er sich an den Wachen vorbei ans Fenster des Sterbezimmers und wird nur von der Anwesenheit der beiden Söhne zurückgehalten. Vor Haß wie von Sinnen, dringt er in dieser Nacht in den Raum ein und durchsucht ihn nach einem Schriftstück, das sich auf den Schatz bezieht, und hinterläßt schließlich ein Andenken an seinen Besuch: die kurze Inschrift auf der Karte. Ohne Zweifel hat er das vorher geplant, als Zeichen, daß es sich um einen Akt der Gerechtigkeit und nicht um gemeinen Mord handelt. / Solche albernen und bizarren Vorstellungen sind immer noch recht verbreitet.

Nun konnte Jonathan nichts weiter tun, als die Bemühungen, den Schatz zu finden, heimlich zu beobachten. Da wird die Dachkammer entdeckt, und sofort erfährt er davon. Wieder stoßen wir auf die Spur eines Verbündeten im Haushalt. Jonathan ist es mit seinem Holzbein absolut unmöglich, den hochgelegenen Raum von Bartholomew Sholto zur erreichen. Er nimmt einen merkwürdigen Komplizen mit, der diese Schwierigkeit überwindet, aber mit seinem nackten Fuß ins Kreosot tritt - da kommt Toby ins Spiel, und ein Humpelmarsch von sechs Meilen für einen schlechtbezahlten Militärarzt mit einer Achillesferse.

Wie Sie gesagt haben, war es der Komplize und nicht Jonathan, der das Verbrechen begangen hat - und zwar zu Jonathans Mißvergnügen,* nach der Art zu urteilen, wie dieser umhergetrampelt ist, als er ins Zimmer eingestiegen war. Er hegte keinen Groll gegen Bartholomew und hätte es vorgezogen, ihn einfach zu fesseln und zu knebeln. Doch die wilden Instinkte seines Genossen waren zum Durchbruch gekommen, und das Gift hatte sein Werk getan; also hinterließ Jonathan Small seinen Denkzettel, seilte die Schatztruhe ab und folgte ihr.

*Er wollte seinen Kopf nicht in d. Schlinge stecken

Vom Äußeren her muß er natürlich in mittlerem Alter und, nach seiner Strafzeit in einem Glutofen wie den Andamanen, sonnenverbrannt sein. Seine Größe läßt sich leicht aus seiner Schrittlänge berechnen, und wir wissen, daß er einen Bart trägt. Seine Behaarung ist ein Merkmal, das sich Thaddeus Sholto eingeprägt hat, als er ihn am Fenster sah. Ich wüßte nicht, was sonst noch dazu zu sagen wäre.

Aufgezeichnet von J. H. W.

AUSSAGE DES JONATHAN SMALL

Ich bin aus Worcestershire, bei Pershore geboren, und meine Familie waren bedächtige, kirchentreue Leute, während ich schon immer so 'n bißchen Landstreicher war. Als ich achtzehn war, geriet ich wegen 'nem Mädchen in eine Schlägerei und konnte meine Haut nur retten, indem ich das Handgeld der Königin nahm und den Third Buffs beitrat, die gerade nach Indien aufbrachen. Ich hatte kaum mit dem Soldat spielen angefangen, als ich blöd genug war, im Ganges zu schwimmen, und mein rechtes Bein gerade über dem Knie an ein Krokodil verlor; und ohne meinen Kompanie-Sergeanten, John Holder, wär ich ertrunken. Nach fünf Monaten im Lazarett war ich aus der Armee, mit einem Holzbein an meinem Stumpf.

Mein Colonel verschaffte mir zum Glück einen Posten als berittener Aufseher über die Kulis auf einer Indigo-Plantage, die einem Kerl namens Abel White gehörte. Er war nett, und mir ging es gut genug, aber ich habe dem Glück nie lang im Weg gestanden. Plötzlich brach ohne jede Warnung der Große Aufstand über uns herein. Im einen Monat hatte Indien noch so still und friedlich dagelegen wie Surrey oder Kent; im nächsten tobten schon zweicunderttausend schwarze Teufel um uns rum. Unsere Plantage lag bei einem Ort namens Muttra an der Grenze der Nordwest-Provinzen. Während die anderen aus den brennenden Bungalows nach Agra flohen, wo die nächste Garnison lag, weigerte sich Abel White, nachzugeben, und sein Manager Dawson und ich blieben bei ihm.

Eines Tages kehrte ich von einer weiter entfernten Plantage zurück und fand Dawson und seine Frau in Stücke gehauen, Whites Bungalow in Flammen, und hunderte schwarzer Schurken, die, noch mit ihren Rotröcken auf dem Rücken, um das brennende Haus herumtanzten und johlten. Ich tauchte unter ihren Kugeln weg, bahnte mir einen Weg über die Reisfelder und befand mich am Abend in Agra in Sicherheit. Wie sich herausstellte, war es hier allerdings auch nicht so sicher. Im ganzen Land kämpften Millionen gegen Hunderte, und das grausamste daran war, daß die Männer, gegen die wir kämpften, unsere eigenen, von uns selbst ausgehobenen Truppen waren. In Agra befanden sich die Dritten Bengalischen Füsiliere, ein paar Sikhs, zwei Kavallerie-Regimenter und eine Artillerie-Batterie. Man hatte ein Freiwilligen-Korps aus Büromenschen und Kaufleuten gebildet, und dem schloß ich mich an, mit Holzbein und allem drum und dran. Im Juli warfen wir die Rebellen bei Shahgun zurück, mußten aber in die Stadt zurückweichen, als uns das Pulver ausging. Von allen Seiten erreichten uns nur die schlimmsten Nachrichten, denn wir waren mitten im Zentrum. Lucknow ist weit über hundert Meilen östlich, und Khanpur wohl genauso weit im Süden.

Wir zogen uns dann aus der riesigen Stadt zurück, über den Fluß in das alte Fort, das Unheimlichste, worin ich je gewesen bin. Die Mauern u.schlossen mehrere Hektar. Im neueren Teil kam unsere ganze Garnison mit Frauen, Kindern, Läden und allem andern unter, und wir hatten noch 'ne Menge Platz über. Aber die alten Quartiere waren sogar noch größer, den Skorpionen und Tausendfüßlern überlassen, mit verlassenen Hallen und gewundenen Gängen, die wohl kaum mal ein Expeditionstrupp mit Fackeln erkundet. Der Fluß schützt die Front des alten Forts, aber wir hatten nicht genug Leute, um jedes der unzähligen Seitentore stark zu bewachen, daher hatten wir ein Wachhaus in der Mitte, und jedes Tor wurde einem Weißen und zwei oder drei Eingeborenen überlassen. Mir wurde eine kleine, allein liegende Tür im Südwesten zugeteilt. Zwei Sikh-Soldaten standen unter meinem Kommando.

Als bloßer Rekrut mit einem kaputten Bein war ich ziemlich stolz darauf, und meine beiden Panjab-Leute, grimmige Burschen namens Mahomet Singh und Abdulla Khan, waren beides alte Kämpen, die bei Chilian Wallah noch gegen uns ins Feld gezogen waren. Obwohl sie ziemlich gut Englisch sprachen, zogen sie vor, die ganze Nacht in ihrem komischen Sikh-Dialekt zu schwatzen, während ich draußen im Torbogen stand, auf den Fluß und die Lichter der Stadt hinabschaute und auf das Schlagen der Pauken, das Rasseln der Tomtoms und das Heulen der vom Opium und Haschisch berauschten Rebellen lauschte.

Das sind wohl kaum Sikh-N[amen]. Er muß sich geirrt haben. J.H.

Die dritte Nacht meiner Wache war dunkel, dreckig und es nieselte ein bißchen. Nachdem der wachhabende Offizier um zwei Uhr morgens auf seiner Runde vorbeigekommen war, zog ich meine Pfeife hervor und legte meine Muskete ab, um ein Streichholz anzuzünden. Im selben Augenblick hingen die beiden Sikhs auf mir drauf. Einer von ihnen schnappte sich mein Schießeisen und richtete es auf meinen Kopf, der andere hielt mir ein großes Messer an die Kehle, mit dem er mich erstechen wollte, wenn ich mich rührte. Im Glauben, sie wären Rebellen geworden und die Kulis würden jetzt über Frauen und Kinder herfallen wie in Khanpur, wollte ich losschreien, als der Mann mit dem Messer mir versicherte, das Fort sei sicher.

Sie hatten einen verzweifelten Plan gefaßt. Abdullah Khan, der größere und stärkere der beiden, versprach mir ein Viertel ihres Schatzes, wenn ich schwor, mitzumachen, und den sofortigen Tod, wenn ich sie betrügen würde. Da ich kaum die Wahl hatte, schwor ich "beim Kreuz der Christen," mitzumachen, vorausgesetzt, das Fort würde durch ihr Wagnis nicht in Gefahr gebracht. Sie erklärten, daß sie einen Komplizen hatten, Dost Akbar, und während Mahomet Singh ihn am Tor erwartete, erzählte mir der andere ihre Geschichte:

Auch nicht gerade ein Sikh-Name. J.H.W.

"In den Nordprovinzen gibt es einen Rajah, der viel Reichtümer besitzt, einen erbärmlichen Mann, der mit dem Löwen und dem Tiger gut Freund ist - mit Sepoys und mit den Herrn von der Ostindischen Company. Weil er entschlossen war, mindestens die Hälfte seines Schatzes zu retten, egal, welche Seite gewinnt, hat er sein Gold und Silber im Palast behalten, aber die kostbarsten Edelsteine und seltensten Perlen hat er in eine Eisentruhe getan und mit einem ehrlichen Diener zum Fort Agra geschickt, damit sie dort bleibt, bis Frieden ist im Land. Wenn die Rebellen gewinnen, hat er sein Geld, aber wenn die Company siegt, sind seine Juwelen gerettet. Nachdem er so seine Güter geteilt hatte, machte er sich stark für die Sepoys, weil sie dicht an der Grenze standen.

Dieser Diener, der unter dem Namen Achmed reist, befindet sich jetzt in Agra und möchte sich zum Fort durchschlagen. Mein Schwager, Dost Akbar, reist mit ihm und führt ihn zu unserem Seitenposten. Achmed ist bald nicht mehr, und den großen Schatz des Rajah teilen wir unter uns."

In Worcestershire hält man ein Menschenleben für ein großes und heiliges Ding, aber nicht da, wo an jeder Ecke Schüsse und Blut und Tod warten. Mir war es egal, ob Achmed lebte oder starb, aber mein Herz bebte bei dem Gedanken, mit einem Schatz beladen nach Hause zurückzukehren. Abdullah mußte mich nicht weiter überreden, fügte aber hinzu, wenn Achmed zum Fort-Kommandanten gebracht würde, würde er gehängt oder erschossen, und die Juwelen würde die Regierung nehmen - warum sollten wir es nicht für sie erledigen, denn die Juwelen lägen ebensogut in unseren Truhen wie in denen der Company, und keiner müßte je davon erfahren.

Ich stimmte zu, und er glaubte mir. Wir trafen Mahomet Singh am Tor und ich wartete mit diesen beiden wilden Panjab-Männern auf den Mann, der seinem Tod entgegeneilte. Plötzlich sahen wir den Schein einer abgeblendeten Laterne auf der anderen Seite des Grabens. Ich ließ die beiden dunklen Gestalten herüberklettern, bevor ich sie anrief. Der erste war ein gewaltiger Sikh mit einem schwarzen Bart, der ihm fast bis zur Schärpe hinabhing. Der andere war ein kleiner, fetter, feister Kerl mit einem großen gelben Turban und einem Bündel in der Hand, das in einen Schal gewickelt war. Er zitterte vor Furcht und warf den Kopf mit zwei hellen, kleinen, zwinkernden Augen hin und her wie eine Maus, die sich aus dem Loch schleicht. Mir graute es davor, ihn zu töten, aber ich dachte an den Schatz, und mein Herz wurde so hart wie Granit. Als er mein weißes Gesicht erblickte, stieß er einen kleinen Freudenjuchzer aus und lief auf mich zu. Er bat um meinen Schutz und um den der Company und erklärte, seine Eisentruhe enthalte ein paar Familienstücke, die für keinen anderen von Nutzen wären, die er aber ungern verlieren würde, und versprach mir und dem Gouverneur eine Belohnung, wenn wir ihm Zuflucht gewähren würden. Je länger ich das fette, ängstliche Gesicht ansah, desto schwieriger schien es mir, ihn kaltblütig umzubringen. Das beste war, es hinter uns zu bringen.

Ich befahl den beiden Sikhs, ihn zur Hauptwache zu bringen, und sie führten ihn durch den dunklen Torweg. Ich hörte ihre regelmäßigen Schritte durch die einsamen Gänge hallen. Plötzlich hielten sie an, und ich hörte Stimmen und Gescharre und das Geräusch von Schlägen. Einen Augenblick später kam, zu meinem Entsetzen, der kleine fette Mann den Gang hinab auf mich zu gelaufen, und der große, schwarzbärtige Sikh rannte mit blitzendem Messer in der Hand hinter ihm her. Er wäre entkommen, und ich wurde schon weich, aber wieder machte mich der Gedanke an den Schatz hart und bitter. Ich hielt ihm mein Gewehr vor die Beine, und er stolperte und überschlug sich zweimal wie ein erschossenes Kaninchen. Noch ehe er wieder auf die Beine kam, war der Sikh über ihm und stieß ihm das Messer zweimal in die Seite. Kein Stöhnen und kein Zucken wa. mehr zu vernehmen. Ich glaube, er hat sich bei dem Sturz das Genick gebrochen.

Sie sehen, meine Herren, ich erzähle Ihnen alles, wie es passiert ist, ob es mir nun nützt oder nicht. Das Ganze war eine üble Sache, selbstredend, aber wie viele Kerle an meiner Stelle hätten sich geweigert, die Beute zu teilen, wenn sie gewußt hätten, daß man ihnen wegen diesem Zartgefühl die Kehle aufschlitzt? Außerdem hieß es: mein Leben oder seins, als er erst im Fort war. Wenn er entkommen und die Angelegenheit ans Licht gekommen wäre, wäre ich so oder so vors Kriegsgericht gestellt und erschossen worden.

An diese Stelle war
in seine Stim
und Miene Tr
zu spüren.
J.H.C

Wir begruben Achmed in einer natürlichen Gruft, wo der Boden der großen leeren Halle nachgegeben hatte, und bedeckten sie mit losen Ziegeln. Dann brachen wir die Schatztruhe auf und weideten uns Anblick der funkelnden Sammlung von Edelsteinen. Wir nahmen sie alle heraus und machten eine Liste davon - 143 Diamanten reinsten Wasser, darunter der "Großmogul", der zweitgrößte Stein, den es gibt, 97 wunderschöne Smaragde, 170 Rubine, darunter ein paar kleine, 40 Karfunkel, 210 Saphire, 61 Achate und eine Menge Beryllen, Onix, Katzenaugen, Türkise und anderen Steinen, deren Namen ich damals noch nicht kannte, obwohl ich mittlerweile damit vertraut geworden bin. Außerdem gab es fast 300 sehr schöne Perlen, von denen 12 in ein Gol.-diadem gefaßt waren. Diese letzten hat übrigens jemand aus der Truhe genommen - sie waren nicht mehr da, als ich sie den Sholtos wieder abgenommen habe.

Feierlich erneuerten wir unserern Schwur, einander beizustehen und unser Geheimnis zu bewahren. Wir kamen überein, den Schatz zu verstecken, bis wieder Frieden herrsche, und ihn dann gerecht unter uns aufzuteilen. Wir verbargen ihn in einer Mauer in derselben Halle, wo auch die Leiche begraben war, und ich zeichnete vier Pläne, für jeden von uns einen, und setzte das "Zeichen der Vier" darunter, um zu zeigen, daß jeder für die anderen handelte und keiner keinen übervorteilte. Ich kann meine Hand aufs Herz legen und beschwören, daß ich diesen Eid nie gebrochen habe.

Die Herrschaften wissen ja wohl, wie der indische Aufstand zu Ende ging. Nachdem Wilson Dehli genommen und Sir Colin Lucknow entsetzt hatte, war den Rebellen das Rückgrat gebrochen. Frische Truppen strömten ins Land, und Nana Sahib verdünnisierte sich über die Grenze. Ein Stoßtrupp unter Colonel Greathed kam nach Agra und säuberte es von den Pandies. Friede schien über das Land zu kommen, und wir vier begannen zu hoffen, daß die Zeit nahe rückte, wo wir uns mit unserer Beute in Sicherheit davonmachen könnten.

Aber der mißtrauische Rajah hatte einen zweiten Mann ausgesandt, um Achmed hinterherzuspionieren. Dieser Mann sah Achmed durch unser Tor gehen, kam selbst am folgenden Tag ins Fort, konnte keine Spur von Achmed finden und informierte den Wachsergeanten, der dem Kommandanten davon berichtete. Man durchsuchte das Fort und fand die Leiche, und als wir gerade dachten, alles wäre sicher, wurden wir alle vier verhaftet. Beim Prozeß fiel kein Wort über die Juwelen, denn der Rajah war abgesetzt und aus Indien vertrieben. Der Mord aber kam heraus, und es war klar, daß wir alle daran beteiligt waren. Die drei Sikhs bekamen lebenslänglich, und ich wurde zum Tod verurteilt. Mein Urteil wurde später auch zu Lebenslänglich umgewandelt.

Wir befanden uns also in einer ziemlich komischen Lage: getretene und geprügelte Gefangene bei Reis und Wasser, aber jeder mit einem Geheimnis, das uns in einen Palast versetzt hätte, wenn wir es nur nutzen könnten. Das hätte einen zum Wahnsinn treiben können, aber hartnäckig, wie ich bin, machte ich einfach weiter und riß meine Zeit ab. Schließlich wurde ich von Agra nach Madras verlegt, und von dort auf Blair Island in den Andamanen, wo ich mich als einer der wenigen weißen Sträflinge bald zu einer privilegierten Person mauserte. Man wies mir eine Hütte in Hope Town zu, einem kleinen Flecken am Fuße des Mount Harriet, und ließ mich ziemlich in Ruhe.

Hope Town ist ein langweiliger, fieberverseuchter Ort, und alles jenseits unserer kleinen Lichtungen war mit wilden, kannibalischen Eingeborenen durchsetzt, die ohne Zögern ihre vergifteten Pfeile auf uns abschossen, wenn sie eine Gelegenheit sahen. Da wurde geackert und gewühlt und Jam gepflanzt und ein Dutzend andere Sachen waren zu tun, so daß wir den ganzen Tag Arbeit genug hatten; aber abends hatten wir ein bißchen Zeit für uns. Ich lernte unter anderem, Medikamente für den Arzt zu verteilen und schnappte dabei ein paar Bruchstücke seines Wissens auf. Die ganze Zeit sah ich mich nach einer Fluchtgelegenheit um; aber die Insel liegt Hunderte von Meilen vom nächsten Festland entfernt, und auf diesen Meeren bläst kaum mal ein Wind, so daß es furchtbar schwierig war, zu entkommen.

Der Arzt, Dr. Somerton, war ein behender, sportlicher junger Bursche, der sich mit den anderen jungen Offizieren zum Kartenspielen traf, und ich pflegte durch ein kleines Zimmer von der Praxis aus, wo ich die Medikamente zurechtmachte, zuzusehen und zu hören. Major Sholto, Captain Morstan und Lieutenant Bromley-Brown trafen sich da mit zwei oder drei Gefängnisbeamten, gemütliche alte Kerle, die ein nettes, solides Spielchen liebten.

Sehr bald wurde mir klar, daß die Soldaten immer verloren und die Zivilisten immer gewannen. Diese Knast-Heinis hatten kaum was anderes gemacht außer Kartenspielen, seit sie auf den Andamanen waren, während die anderen nur spielten, um die Zeit totzuschlagen. Je ärmer sie wurden, um so begieriger waren sie auf ein Spiel. Major Sholto traf es am härtesten. Zuerst spielte er um Geldscheine und Gold, aber bald um Schuldscheine und um große Summen, und er trank dabei mehr, als ihm gut tat.

Eines Abends verlor er noch mehr als sonst, und ich hörte zufällig, wie er seinem Busenfreund Captain Morstan erzählte, er müsse seinen Abschied einreichen, denn er sei ruiniert. Morstan versuchte, ihn aufzuheitern, und ich hörte nichts weiter, aber die Sache gab mir zu denken. Ein paar Tage später ergriff ich die Gelegenheit, Major Sholto anzusprechen, als er am Strand entlangspazierte. Ich bat ihn um Rat. Ich fragte ihn, wen man fragen kann, wem ein versteckter Schatz übergeben werden muß. Ich erzählte ihm, ich wüßte, wo Zeug für eine halbe Million liegt, und da ich es nicht selber ausgeben konnte, hielt ich es für das beste, es der richtigen Behörde zu übergeben. Vielleicht würde dann meine Strafe verkürzt. Ich fügte hinzu, die Juwelen lägen für jeden bereit und der rechtmäßige Besitzer sei vogelfrei, so daß der Schatz dem gehöre, der zuerst Hand darauf legte.

Major Sholto stotterte, man müsse ihn der Regierung übergeben, und ich wußte, daß ich ihn an der Angel hatte. Ich fragte ihn, ob ich dem Generalgouverneur Meldung machen solle, und er riet mir, nichts zu überstürzen, sondern ihm die ganze Sache zu erzählen. Das tat ich - mit kleinen Abänderungen, so daß er nicht die richtige Stelle herausninden konnte, und er meinte, das sei eine sehr wichtige Sache und ich sollte keinem ein Wort davon sagen.

Zwei Abende darauf kamen er und sein Freund, Captain Morstan, mitten in der Nacht mit einer Laterne in meine Hütte. Ich wiederholte Morstan meine Geschichte, und beide fanden, daß sie sich wahr anhörte. Der Major sagte, sie hätten darüber gesprochen und wären zu dem Schluß gekommen, es wäre kaum eine Sache für die Regierung, sondern meine Privatangelegenheit, bei der sie mir wohl helfen könnten, wenn wir zu einer Einigung kämen. Er versuchte, kühl und unbeteiligt zu wirken, aber seine Augen glänzten vor Aufregung und Habgier.

Genauso kühl, aber ebenso aufgeregt erwiderte ich, ich wollte, daß er mir und meinen drei Gefährten zur Freiheit verhilft, und dann würden wir sie beide als Partner beteiligen und ihnen ein Fünftel abgeben, daß sie unter sich aufteilen sollten. Zunächst zögerten sie, aber ich erklärte, das käme für jeden auf 50 000, und erläuterte, wie wir unsere Flucht bis ins letzte Detail geplant hatten. Sie sollten von Kalkutta oder Madras eine geeignete Yacht oder Jolle mitbringen; wir würden nachts an Bord gehen, sie würden uns irgendwo an der indischen Küste absetzen, und ihr Teil der Abmachung wäre erfüllt. Sie versuchten, mich zu überreden, allein zu fliehen, ohne meine Gefährten, aber ich sagte, wir vier hätten einander geschworen, was den Schatz angeht, immer gemeinsam zu handeln.

Sie dachten darüber nach, kamen zu dem Schluß, sie könnten mir trauen, und erinnerten sich daran, daß das Geld ihnen den Abschied ersparen würde. Der Major versprach, sich Urlaub zu nehmen, um in Indien meine Geschichte zu überprüfen, aber ich wollte ihm bis zu unserem zweiten Treffen, bei dem Mahomet Singh, Abdullah Khan und Dost Akbar zugegen waren, nicht sagen, wo die Kiste versteckt war - trotz der Proteste des Majors, daß "drei Schwarze" an unserer Abmachung beteiligt waren. Wir sollten den beiden Offizieren Karten von dem Teil des Forts in Agra zeichnen und die Stelle in der Mauer angeben, wo der Schatz verborgen war. Major Sholto sollte nach Indien gehen, um unsere Geschichte zu überprüfen. Wenn er die Truhe fand, sollte er sie dort lassen; dann sollte er eine kleine, verproviantierte Yacht schicken, die vor Rutland Island für unsere Flucht bereitliegen sollte, und dann zu seinen Pflichten zurückkehren. Captain Morstan sollte ebenfalls Urlaub nehmen und uns in Agra treffen, wo wir uns den Schatz endgültig teilen wollten. Das alles wurde mit feierlichem Eid beschworen, und ich machte zwei Karten, die ich mit dem "Zeichen der Vier" unterschrieb.

Der Schurke Sholto machte sich nach Indien auf, aber er kam nie zurück. Captain Morstan zeigte mir kurz darauf seinen Namen auf der Passagierliste eines Postdampfers. Angeblich war sein Onkel gestorben und hatte ihm ein Vermögen hinterlassen, und er hatte die Armee verlassen. Morstan fuhr hinüber nach Agra und fand, wie wir erwartet hatten, daß der Schatz tatsächlich weg war. Der Schurke hatte ihn gestohlen, ohne auch nur eine der Bedingungen zu erfüllen, unter denen wir ihm das Geheimnis verkauft hatten. Von diesem Tag an lebte ich nur noch für die Rache. Fliehen, Sholto ausfindig machen, meine Hand um seine Kehle legen - das war mein einziger Gedanke. Sogar der Schatz von Agra war mir nicht mehr so wichtig.

Das waren lange Jahre, bis meine Zeit kam. Eines Tages, als Dr. Somerton am Fieber erkrankt lag, griff ein Sträflingstrupp in den Wäldern einen kleinen Insulaner auf. Er war todkrank, aber ich nahm ihn in meine Obhut, obwohl er so giftig war wie eine junge Schlange, und ich habe ihn kuriert. Ich lernte ein bißchen von seinem Dialekt und wurde ihm sympathisch, und er hing ständig vor meiner Hütte herum. Er war ein prima Seemann und hatte ein eigenes großes, geräumiges Kanu. Da sah ich meine Chance zur Flucht. Ich befahl Tonga - so hieß er nämlich -, in einer bestimmten Nacht sein Boot zu einem alten Landesteg zu bringen, der nie bewacht wurde, und er sollte mehrere Krüge Wasser und eine Menge Jamwurzeln, Kokosnüsse und Süßkartoffeln in das Kanu laden.

Nie hat ein Mann je einen treueren Gefährten gehabt. In der fraglichen Nacht lag sein Boot an dem Steg. Aber einer von den Wachen war da - ein übler Pathane, der nie eine Gelegenheit ausgelassen hatte, mich zu beleidigen und zu verletzen. Ich hatte ihm schon immer Rache geschworen und ergriff meine Chance. Ich schnallte mein Holzbein ab und war mit drei langen Sätzen bei ihm. Er nahm den Karabiner von der Schulter, aber ich habe ihn voll getroffen und seinen Schädel eingeschlagen. Hier können Sie noch den Riß im Holz sehen, wo ich ihn getroffen habe.

Ich eilte zum Boot, und binnen einer Stunde waren wir auf hoher See. Tonga hatte all seine irdische Habe mitgebracht, seine Waffen und Götzen, einen langen Bambusspeer und ein paar andamanische Kokosmatten, aus denen ich eine Art Segel machte. Zehn Tage lang kreuzten wir auf gut Glück umher, und am elften nahm uns ein Kauffahrer auf, der mit einer Ladung malaischer Pilger von Singapur nach Jiddah unterwegs war.

Wir haben so manches erlebt, mein kleiner Genosse und ich, wie wir so um die Welt trieben, und immer hat uns was davon abgehalten, nach London zu kommen. Aber ich habe mein Ziel nie aus den Augen verloren. Hundertmal wohl hab ich Sholto im Traum getötet. Vor drei oder vier Jahren gerieten wir dann endlich nach England. Ich hatte keine Mühe, herauszufinden, wo Sholto lebte, und hatte bald entdeckt, daß er die Juwelen noch besaß, denn ich schloß Freundschaft mit jemandem, der mir helfen konnte* - ich nenne keine Namen, denn ich möchte keinen mit mir in die Grube ziehen. Dann versuchte ich auf alle möglichen Arten, an ihn heranzukommen, aber er war ziemlich gerissen und hatte zwei Preisboxer, seine Söhne und den Khitmutgar als Wachen.

Eines Tags erfuhr ich, daß er im Sterben lag. Wahnsinnig vor Wut, daß er mir aus den Fängen schlüpfen sollte, eilte ich in den Garten. Durch sein Fenster sah ich ihn auf im Bett liegen, und an jeder Seite stand einer seiner Söhne. Als ich ihn noch anstarrte, klappte sein Kiefer runter, und ich wußte, daß er hinüber war. In derselben Nacht noch drang ich in sein Zimmer ein und durchsuchte seine Papiere, aber es fand sich keine Notiz, wo er die Juwelen verborgen hatte. Aber meinen Sikh-Freunden konnte ich, falls wir uns je wiedersehen sollten, sagen, daß ich das Zeichen unseres Hasses hinterlassen hatte. Ich krit-

wohl eher 6 Jahre. Er kommt – nicht überraschend – mit den Zeiten durcheinander.

* Sehen Sie, es gab einen Verbündeten im Haus, der kein anderer gewesen sein kann als Lal Rao, der Butler. So bleibt Jones die ungeteilte Ehre, bei seinem großen Zug wenigstens einen Fisch gefangen zu haben.

zelte das "Zeichen der Vier", wie es auf der Karte gestanden hatte, auf einen Zettel und heftete ihn ihm an die Brust.

Damals verdienten wir unseren Lebensunterhalt, indem ich den armen Tonga auf Jahrmärkten und ähnlichem zur Schau stellte und ihn als den Schwarzen Kannibalen ausgab. Er aß rohes Fleisch und tanzte seinen Kriegstanz - so hatten wir nach einem Tag Arbeit immer eine Mütze voll Pennies. Ein paar Jahre lang hörte ich immer von Pondicherry Lodge, daß sie noch nach dem Schatz suchten. Dann vernahmen wir, daß man den Schatz oben im Haus, über Mr. Bartholomew Sholtos Chemielabor, gefunden hatte.

Ich wußte, daß ich mit meinem Holzbein nicht allein dort hinaufklettern konnte, aber ich erfuhr von der Luke im Dach und von Mr. Sholtos Mittagszeit, zu der er seinen Raum verließ, um runter zu gehen. Ich nahm Tonga mit hinaus, der ein langes Seil um den Bauch geschlungen hatte. Er konnte klettern wie eine Katze und war schnell oben auf dem Dach. Aber wie das Pech es wollte, war Bartholomew Sholto noch in seinem Zimmer - zu seinem Unglück. Tonga dachte, er hätte sehr schlau gehandelt, als er ihn tötete, denn als ich mich am Seil hinaufgehangelt hatte, fand ich ihn, wie er stolz wie ein Pfau umhertanzte. Er war ganz schön überrascht, als ich mit dem Tauende auf ihn zukam und seinen Blutdurst verfluchte. Ich hatte nichts gegen Mr. Sholto gehabt, und ich gebe Ihnen mein Wort, daß ich nie die Hand gegen ihn erhoben habe.* Es war dieser kleine Höllenhund Tonga, der einen seiner verdammten Pfeile auf ihn abgeschossen hat. Ich hätte ihn fast umgebracht deswegen, wenn er mir nicht entwischt wäre, und so kam es, daß er seine Keule und ein paar von seinen Pfeilen dagelassen hat, wie er mir erzählte. Das hat Sie wohl, wie ich vermuten darf, auf unsere Spur gebracht. Ich muß zugeben: Nie in meinem Leben war ich so erschrocken wie da, als ich durch das Fenster kletterte und sah, wie Mr. Sholto mit dem Kopf auf der Schulter mich angrinste. Na, jedenfalls nahm ich die Schatztruhe und ließ sie hinab und glitt dann selbst hinunter, nachdem ich zuvor das "Zeichen der Vier" auf dem Tisch hinterlassen hatte, um zu zeigen, daß die Juwelen endlich zu dem zurückgekommen waren, der das meiste Recht darauf hatte. Tonga zog dann das Seil hinauf, schloß das Fenster und verschwand, wie er gekommen war - zu verblüfft von meiner Wut, um seinen Kram* aufzusammeln.

*Ich konnte beweise[n], daß das Gift so s[chnell] wirkt, daß der M[ann] tot war, bevor Small ins Zim[mer] kam

* Ich hatte gehofft, Tonga hätte alle seine Pfeile verloren, aber der, den er vom Boot aus auf uns abgeschossen hatte, war natürlich der, den er schon in sein Blasrohr gesteckt hatte. Small hat mir später hierin recht gegeben.

Ich wüßte nicht, was ich sonst noch berichten sollte. Ich hatte einen Schiffer von der Schnelligkeit von Smith's Barkasse reden hören, der "Aurora", daher dachte ich, das wäre ein schickes Bötchen für unsere Flucht. Ich wollte Smith eine gewaltige Summe geben, wenn er uns sicher zur "Esmeralda" in Gravesend gebracht hätte, die nach Brasilien in See sticht. Er wußte ohne Zweifel, daß mit uns etwas nicht stimmte, aber wir haben ihm nichts gesagt; er wußte nichts von unserem Geheimnis. Das alles ist die reine Wahrheit, und wenn ich sie Ihnen erzähle, Gentlemen, nicht, um Sie zu unterhalten - denn ihr habt mir einen gehörigen Schlag versetzt -, sondern weil ich glaube, die beste Verteidigung für mich ist, nichts zu verschweigen, sondern die ganze Welt wissen zu lassen, wie übel mir Major Sholto mitgespielt hat und wie unschuldig ich bin am Tode seines Sohnes.

Es ist doch wirklich komisch, daß ich, der ich ein wirkliches Anrecht auf eine halbe Million habe, die erste Hälfte meines Lebens damit verbracht habe, auf den Andamanen eine Mole zu bauen, und wahrscheinlich die zweite Hälfte damit verbringen werde, in Dartmoor Gräben auszuheben. Das war ein böser Tag für mich, als ich zum ersten Mal Achmed zu Gesicht und mit dem Agra-Schatz zu tun bekam, der seinem Besitzer nie etwas anderes als Unglück gebracht hat. Ihm hat er den Mord beschert, dem Major Sholto Angst und Schande, und für mich bedeutet er lebenslange Sklaverei.

Aus dem Englischen von Toto Anders
Die graphische Realisation wurde besorgt
von A.B.C. Gruber
Handschriftliche Zuarbeit von
Friedrich Wolfram Heubach

Die Originalausgabe dieses Buches erschien unter
dem Titel "The Sign of Four" by Webb & Bower
Satz und Druck: Rasch/Bramsche
Buchbinderische Verarbeitung: Bramscher Buchbinder Betrieb

Printed in Germany ISBN 3-7701-1744-1